燄炎《えんえん》奇談

椹野道流

white heart

講談社X文庫

目次

物紹介

●天本《あまもと》 森《しん》

ミステリー作家。「しがない物書き」などと本人は言うが、デビュー作を三十万部も売ってしまった作家にその形容は当てはまらないかもしれない。降魔の特殊能力を見こまれて「組織」に所属。霊障《れいしょう》を祓《はら》うために各地に赴く。冷たい美貌は、彼を酷薄な人物に見せるが、素顔は温かい。「あの男」の存在を意識しながらも、とりあえず平穏な日々を送る。

●琴平《ことひら》敏生《としき》

蔦《つた》の精霊《せいれい》である母が禁忌を破って人とのあいだにもうけた少年。その半分の異種の血によって常人には捉《とら》え得《え》ぬものを見聞きし、母の形見の水晶珠を通じて草木の精霊の加護を受けることができる。「裏」の術者たる天本の助手として「組織」に所属。誰よりも華奢《きゃしゃ》で涙もろいが、その純粋さと、真摯《しんし》さ、優しさは、時に妖《あや》しに対して最強の武器となる。

登場人

龍村泰彦《たつむらやすひこ》

天本森の高校時代からの親友。兵庫県下で監察医《かんさつい》の職にある。天本と敏生のよき理解者、協力者。

小一郎《こいちろう》

天本の使役する要《かなめ》の式神。普段は羊人形に憑《よ》り、顕現《けんげん》の際に長身の青年の姿をとる。敏生とは凸凹コンビ。

早川知足《はやかわちたる》

「組織」のエージェント。自らも術者だったが、役目を変わり、現在に至る。本業は外車メーカーの社員。

足達正路《あだちまさみち》

司野の同居人。交通事故に遭ったところを助けられ、以来、骨董屋「忘暁堂《ぼうぎょうどう》」に暮らす。心優しき浪人生。

辰巳司野《たつみしの》

妖魔の骨董《こっとう》屋《や》。辰巳辰冬《ときふゆ》なる陰陽師《おんみょうじ》の式神《しきがみ》だったが、人の器に封じられたまま、千年の時を永らえている。

河合純也《かわいすみや》

盲目の追儺《ついな》師《し》。新参の術者だった時分の、天本の師匠格。通称「添い寝屋」。夢のなかの魔を祓う力を持つ。

イラストレーション／あかま日砂紀《ひさき》

燄炎奇談《えんえんきだん》

一章　夢よりもなお

　その日の夕方、天本森《あまもとしん》は、自宅リビングのソファーで洗濯物を畳んでいた。

　ここしばらく彼を苦しめていた小説が昨夜ようやく完成し、文字通り昏倒《こんとう》すること半日。どうにか復活した彼は、溜《た》まりに溜まった家事を片付けるべく、昼過ぎから忙しく動き回る羽目になった。

　とりあえず洗濯機を回しながら家じゅうに掃除機をかけ、洗い上がった衣類を干してから、乾くのを待つ間に今度は拭《ふ》き掃除、そして太陽を浴びて気持ちよく乾いた洗濯物を取りこんで畳む……と、まるで敏腕主婦そのものの無駄のない動きである。

　無論、森が執筆作業で忙しい間は、同居人であり、作家としての森にとってはアシスタント、術者としての森にとっては弟子、そしてプライベートでは恋人である琴平敏生《ことひらとしき》がある程度のことはしてくれていた。

　とはいえ、簡単な食事を作るとか店屋物をとるとか、食に関することはそれなりにマメな敏生なのだが、その他のことについてはわりと無精《ぶしょう》というか、家の中がどんなに荒れていようと、何日同じ服を着ることになろうと、まったく気にならないらしい。

それどころか、普段はうるさく小言を言う森が仕事に専念していて何も言わない、もとい言えないのをいいことに、じつにのびのびと散らかし放題の生活を送っていたようだ。

もう三足めの片方だけの靴下を手に、森は軽く嘆息して立ち上がった。

「まったく……。あいつのこの悪癖は、何度叱《しか》っても治らないとみえる」

そんな愚痴をこぼしながら、さっきまで座っていたソファーの背もたれに手を掛け、ぐいと後ろに倒す。案の定、ソファーの下には脱いだままの丸まった靴下が転がっていた。

それを拾い上げ、森はもう一度、今度は肺が空っぽになるほど深い溜め息をついた。

妙なところで自然児の敏生は、基本的に家の中では裸足《はだし》で過ごしたいらしく、外から帰宅するとすぐさま靴下を脱いでしまう。それをランドリーバスケットに入れてくれるなら何の問題もないのだが、何度注意してもリビングに放り出していくのだ。

目についたものは森がブツクサ言いながら回収するのだが、一部はこうしてソファーの下に押し込まれ、気付かれないまま放置されるというわけだった。

「俺《おれ》は幼稚園児の親か！」

そんな愚痴が思わず零《こぼ》れたそのとき、軋《きし》む門扉を開閉する音が微《かす》かに聞こえてきた。どうやら敏生が帰宅したらしい。

いつものらりくらりと注意を聞き流されて終わるので、今日こそは玄関先で厳しく言ってやろうと、森は靴下を摑《つか》んですっくと立ち上がった。玄関で仁王立ちになって待ちかまえ、扉が開くと同時に、入ってきた人物の鼻先に汚れた靴下を突きつける。

「帰ってそうそうで何だが、敏生、君、靴下をソファーの下に放り込むのを何度やめろと言えば……あっ」

一息に叱りつけようとした森は、ギョッとして口を噤《つぐ》んだ。そこに立っていたのは、敏生だけではなかったのだ。

敏生の傍《かたわ》らで、ポカンとした顔をして森を見ているのは……あろうことか、森が術者として所属する「組織」のエージェント、早川知足《はやかわちたる》であった。

森が小説家という表の顔を持っているように、早川も普段は外国車メーカーの営業担当サラリーマンとして生活している。今日も外回りの途中なのか、地味な色合いのスーツに、アタッシュケースと紙袋を提げていた。

「は、早川⁉　あ、いや、これは……その」

「天本さぁん……」

今さら遅すぎるのだが、サッと後ろ手に靴下を隠した森に、敏生は気まずげに顔を赤らめ、呆気《あっけ》にとられていた早川も、すぐに営業マンの命とも言える鉄壁の笑顔を浮かべて軽く一礼した。

「これはこれは、天本様。ずいぶんと長いおつきあいになりますが、靴下で歓迎していただいたのは初めてですね。斬新《ざんしん》な刺激を与えていただき、恐縮です」

「……すまない。敏生ひとりだと思ったんだ」

「僕ひとりだって、酷《ひど》いですよう。帰ってくるなり、いきなり靴下だなんて。おまけに、何か汚いし……」

敏生は靴を脱ぎながらそんな不平を口にする。森は気まずそうな顔で、早口に言い返した。

「他でもない君が脱ぎ捨てた靴下だろう。しかもおそらくは何日も前に。……とにかく、早川を連れて帰るなら、連絡くらいしてくれればよかったんだ」

「いえいえ、すぐそこの通りでお会いしたばかりで。実は、急にお客様訪問のスケジュールにキャンセルが出ましてね。早い時間に直帰できることになりましたので、もしご在宅ならと、アポイントメントも取らずにお伺いしてしまいました。申し訳ありません」

「……いや。今日はちょうど仕事が終わったばかりで暇な日だったから構わない。上がってくれ」

「ではお邪魔します」

早川は上《あ》がり框《がまち》に腰を下ろし、靴を脱ぎ始める。ずいぶんと踵《かかと》がすり減り、よく使い込まれた靴だと知れるが、それでも新品同様ピカピカに磨き上げられている。

「これは自分で洗濯機に入れておけ」

そう言って敏生にくだんの靴下を押しつけた森は、店開きしたままの洗濯物を大至急で片付けるべく、居間へ引き返したのだった。

「お持たせで済まないな」

コーヒーと早川が手土産にと持参したレモンパイをトレイに載せて運んできた森は、カップと皿をそれぞれの前に並べながら、いくぶん訝《いぶか》しげに早川に訊《たず》ねた。

「それはそうと、今日はそんなに急いで何の用だ？『組織』の依頼なら、この前一つ片付けたばかりだろう」

ソファーに浅く腰を下ろした早川は、森と敏生に向かって深々と頭を下げた。

「ええ、先日は、天草《あまくさ》からお帰りになったばかりですのに、急な依頼をお引き受けいただいて、本当にありがとうございました。助かりました。個人的には『表』の術者で事足りると思ったのですが、ご依頼主が迅速かつ確実に結果を出すことをお望みだったのです。それには天本様が最適の術者と考え、自信を持って先方にもご紹介させていただきました次第で」

「おだてても何も出ないぞ」

早川が自分を持ち上げるときはたいてい腹に一物あるときだと知っている森は、鋭い声で話を遮る。だが早川は、少し困った顔で微笑し、森の警戒を解くべく軽く片手を挙げた。

「いえいえ、お世辞ではありませんよ。それに今回は、新たな依頼をお持ちしたわけでもありません。その、お父上のことでお報《しら》せしたいことがありまして」

そんなことをしてもたいして意味がないのだが、おそらくは無意識に早川は声を低くする。森の父親、トマス・アマモトの謀略によって重傷を負ったことのある彼にとっては、無理からぬことだ。

森も、父親の名を聞くなり虚空《こくう》に向かって呼びかけた。

「小一郎《こいちろう》」

「はッ」

間髪を入れず、浅黒い肌に豹《ひょう》のように精悍《せいかん》な体つきをした青年が現れ、森の前に跪《ひざまず》いた。森の式神、小一郎である。

森が高校生の頃からずっと彼の傍《そば》近く仕えている小一郎は、幾多の困難を主《あるじ》と共に乗り越えるうちに強い妖魔《ようま》に成長し、今や有能極まりない森の右腕だ。敏生のこともどうやら弟分のように思い、彼としては面倒をみてやっているつもりらしい。

そんな忠実な式神に、森は簡潔に命じた。

「いつも以上に、父の気配に注意を払え。得体の知れない方法でアプローチしてくる人だけに無駄なことかもしれないが、かといって警戒を怠るわけにもいかないからな」

「はっ。護《まも》りを固めまする」

森の命令には絶対服従の小一郎は、頭《こうべ》を垂れたが早いか姿を消した。

トマスが森と敏生の人生に介入するようになって以来、森は式神たちを常に自宅の各所に配し、彼の侵入に備えている。そうした式神たちを統率する立場にある小一郎としては、警備は主に対する腕の見せ所なのだった。

森は小一郎が消えた場所をチラと見やってから、早川に視線を戻した。

「父のことというと？　大陸での活動について何かわかったのか？」

「いえ、残念ながらそれはまだ。ですが以前、天本様は、お父上がかつて民俗学の学者でいらっしゃった頃、フィールドワークによく同行していた人物を捜していると仰っていましたね」

森は頷《うなず》き、敏生は小首を傾《かし》げる。

「それって、トマスさんが天本さんのお母さんと出会った頃か、その前のことですか？」

森は頷き、口を開いた。

「早川とその話をしたのは、確か君が家にいないとき……そうだ、高津《たかつ》先生の最後の個展の準備に大忙しだった頃だな。父が若い日に書いた論文を調べていると、必ずと言っていいほど共著欄に名を連ねている外国人がいた。当時籍を置いていた大学に問い合わせたが詳細はわからず、同時期に研究室に出入りしていた人々に問い合わせようにも、存命の人がなかなか見つからなくてね」

「ああ、トマスさんが若い頃ってことは……その頃研究室にいたって人も結構な年齢ですもんね。それに、民俗学をやる人自体が、そもそも少なそう」

「そういうことだ。だが幸い、当時、教室秘書だったという人物が、父とその外国人のことを覚えていた。病身ということで直接の面会は断られたが、電話で話を聞くことができたよ」

「じゃあ、若い頃のトマスさんのことも？」

森はうんざりした顔で肩を竦《すく》める。

「少しはね。父はしょっちゅうフィールドワークに出ていて、研究室に居着かなかったらしい。だから父と言葉を交わしたことはあまりなかったそうだが、とにかく映画スターのようにハンサムだったことだけは今も記憶に新しい……と、こちらがあまり望んでもいない情報を与えてくれたよ」

「ぷっ」

「笑い事じゃないぞ」

敏生は思わず吹き出し、森の顰《しか》めっ面に口元を押さえた。

「ご、ごめんなさい。でも、確かに息子の天本さんがこれだけかっこいいんだから、トマスさんだって若い頃は凄《すご》くかっこよかったんだろうなって思いますよ？」

「そ……それは、一応褒め言葉と受け取っておくが、今はどうでもいいことだ。お前までニヤニヤするな、早川」

「いえ、わたしは別に」

森に睨《にら》まれ、早川は空とぼけつつもさりげなくメタルフレームの眼鏡に手を当てて表情をごまかす。森は咳払《せきばら》いして、話を続けた。

「とにかくだ。父の論文の共著者である外国人についても、彼女が必要最低限のことを覚えていてくれた。その人物の名は、クレイグ・バーナビー。イギリスからの留学生で、やはり民俗学に興味を持っていたそうだ。父とは同郷で年齢が近いということもあり、よく行動を共にしていたらしい」

「じゃあ、フィールドワークにも一緒に?」

「ああ。ずいぶんと父に心酔していたようだな。自分の研究のためでもあったが、共にあちこち旅をし、献身的に父の研究を手伝っていたそうだよ。ただ、ある時点から急に疎遠になり、イギリスへ帰ってしまったそうだが」

敏生は幼さの残る眉《まゆ》を曇らせ、躊躇《ためら》いながらも言った。

「ある時点って……もしかしてそれ、えっと……トマスさんが天本さんのお母さんに出会ったときのこと……ですか?」

森は苦笑いで敏生の頭をポンと叩《たた》いた。

「そうだ。そんなふうに、母のことを話すたび、俺に遠慮することはないよ」

「す、すいません。だけど……前に天本さんの伯父さんにそのときの話を聞いたとき、トマスさんに仲間がいたなんてこと、言ってなかったですよね？　伯父さんと天本さんのお母さんは、左足を怪我《けが》してたトマスさんを見つけて、家に連れ帰って看病した、としか」

森は頷いた。

「ああ。詳しいことは彼女も覚えていなかったが、どうも、そのときも一緒にフィールドワークに出発したものの、途中で諍《いさか》いがあって、バーナビーだけが先に帰ってきたそうだ。理由は語らなかったが、酷く落胆した様子で……それから父と彼の関係が修復されることはなかったようだと言っていた」

「大きな流れはわかったけど、細かいことがわかんなくて、何だかじれったいなあ」

敏生のぼやきに、森は苦笑いで頷いた。

「だが、かえってホッとしたよ。あまり詳しい情報を持たない人物だけに、父が彼女をマークすることはなさそうだしな」

敏生は、さくさくしたパイ生地をフォークで砕きながら小首を傾げる。

「それは確かに。ええと……ってことは、秘書さんの記憶が確かなら、トマスさんが怪我する前に二人は旅先でケンカ別れしたってことになりますね」

「恐らくはな。何にせよ、そのクレイグ・バーナビーが、当時の父のことをいちばんよく知る人物ということになる。だから俺は、彼のその後の行方を追っていた」

「見つかったんですか？」

敏生は身を乗り出す。だが森は、砂糖を大量に投入したコーヒーを啜《すす》ってかぶりを振った。

「いや。イギリスに戻った彼は、元いた大学には戻らず、日本で言うところの小学校の教師になった。家庭を持ったが子供はおらず、十年前に妻とも死別している。そこまでは簡単にわかったが……」

「もしかして、ひとりになったバーナビーさんは、どこかへ越しちゃったんですか？」

「ああ。職を辞し、家を引き払って姿を消した。いろいろ手を尽くしているものの、そこから先の足取りがどうにも摑めない……という話をしたんだったな、早川」

それまで黙って聞いていた早川は、絶妙のタイミングでパイを食べ終え、皿をテーブルに戻して相づちを打った。

「はい。それを伺ってから、こちらでも調べていたのですが、イギリスを中心にヨーロッパ限定で捜しておりましたので、手間取ってしまいました」

森は軽く眉をひそめる。

「と言うと？」

「灯台もと暗し、という言葉はこういうときのためにあるのでしょうね。あまりにも足取りが摑めないので、まさかと思い調べてみましたら、クレイグ・バーナビー氏は、五年前に再来日していました」

「何だって？」

「ホントですか？」

森と敏生の驚きの声が綺麗《きれい》に重なる。早川は愛用の鞄《かばん》から折り畳んだ紙片を取り出し、森に差し出した。

「はい。日本の大学で研究者として生きる道は諦《あきら》めたものの、民俗学への興味を失ってはいなかったのでしょう。再来日以来、あちらこちらの山里を渡り歩き、古い民話を集めては英訳し、書籍にまとめてイギリスで出版するという生活を送っています。現在は、京都府美山《みやま》地方にひとりで住んでいて、こちらが住所です。どうやら、山里の古民家を借りて暮らしているようですね」

「……済まないな」

森は紙片を受け取って開き、すぐに視線を早川に戻した。

「姓が違う。それに、住所は書いてあるが、電話番号が……」

「はい、現在は亡き妻の姓であるチェンバーズを名乗っています。それに、自宅に電話も引いていないそうで。まるで隠遁者《いんとんしゃ》のような生活ですね」

敏生は首を伸ばして森の手元を覗《のぞ》き込み、うーんと唸《うな》った。

「山里の古民家、かあ。その分じゃ、ケータイも持ってなさそうですよね。連絡、取れるかな」

森は難しい顔で「どうしたものかな」と呟《つぶや》いた。

「伯父のこともある。職場の同僚程度なら大丈夫だろうが、父に特に近しかった人と接触するときには、十分に注意が必要だ」

敏生も、優しい眉を曇らせる。

「そうですね……。もし、トマスさんが嬉《うれ》しくない情報を持ってる人だったりしたら」

森の伯父、和田陽平《わだようへい》は、森の幼少時に起こった惨劇……トマスが実の娘であり、森の姉だった従子《よりこ》を死に至らしめ、それが原因で森の母親小夜子《さよこ》は心を病んだ……について森に語ったがために、トマスによって命を奪われた。

敏生はその現場を見てはいないが、森から話を聞いている。伯父の死を実際に目の当たりにした森が同じことを起こすまいと慎重になるのは無理もないことだと敏生は思った。

「どうなさるおつもりですか？　確かにバーナビー氏の身の上は心配ですが、お父上の貴重な情報を得られる可能性が高いことを考えれば」

早川の問いかけに、森は厳しい面持ちで頷いた。

「わかっている。接触を図らない手はないさ。そのために捜していたんだからな。だが、問題はその手段だ。我々が知りうることは、父もすでに知っていると考えたほうがいい」

「そのバーナビーっていう人の居場所を、トマスさんも知ってる……。ってことは、僕らがうっかり訪ねていったりしたら、まずいですよね」

敏生は怯《おび》える心をみずから励ますように、両手でジーンズの膝《ひざ》を握り締める。そんな恋人の仕草を見守りつつ、森は注意深く口を開いた。

「まずいどころの騒ぎじゃない。どんなに注意深く行動したところで、父は俺たちの行動を必ず嗅《か》ぎつける。直接接触するのは、バーナビーにとってあまりにも危険だ」

「じゃあ、どうするんです?」

「……少し時間をくれ。いちばんいい方法を考えてみる」

やはり厳しい表情でそう言った森は、紙片を丁寧に畳み直し、シャツの胸ポケットにしまいこんだ。そして、有能極まりないエージェントの顔を見る。

「これは、『組織』のデータベースを使って調べてくれたんだろう? くどいようだが、家族のある身なんだ。くれぐれも、あまり無理をするなよ」

心底気遣わしげな森の言葉に、早川はいつもの営業スマイルとは微妙に違う、どこか不敵な笑みを浮かべて小さくかぶりを振った。

「ご心配なく。『組織』においては、術者の業務遂行に支障を来しうる要素については、エージェントが隠密裏に解決あるいは排除することが認められております」

「しかし……」

「上の方々に越権行為だと咎《とが》められるほどの無茶はしておりませんし、お父上のことでも、わたしの家族に害が及ぶようなことはありますまい」

やけに自信たっぷりに言い切った早川に、森も敏生も怪訝《けげん》そうに眉をひそめる。

「何故《なぜ》、そう言い切れる?」

森の簡潔な問いに対する早川の返答は、極めて明確だった。

「どうやらあの方は、最低限、英国紳士のジェントルマンシップは保っておられるようです。もし積極的な手段に出るとすれば、対象はわたしの家族ではなく、わたし自身だけでしょう。そのことは、この身をもって一度思い知りましたしね。わたしを牽制《けんせい》するなら、家族を標的にしたほうが簡単なのは明白なのに、アマモト氏は敢《あ》えてわたしだけを狙《ねら》いました。それが彼のプリンシプルなのでしょう。……いささかはた迷惑な美学ではありますが、わたしにとっては好都合です」

早川はどこか不敵に笑い、かつてトマスに傷つけられた左腕を軽く叩いてみせる。森は切れ長の瞳《ひとみ》に困惑の色を滲《にじ》ませた。

「確かに、父がこれまで手を下したのは、彼の計画に直接介入し、妨害しようとした人間だけだ。だが、それならなおさら……一家の長として、家族を悲しませるようなことはしてくれるな。俺も、これ以上大事な人をひとりたりとも失いたくはないんだ」

「……天本さん」

絞り出すようにそう言った森の手に、敏生は自分の一回り小さな手をそっと重ねた。森の手は相変わらず氷のように冷えていて、そこに自分の体温がじんわりと移っていく感覚が不思議に心地いい。

「わかっております。よほどのことがない限り、わたしは後方支援に徹しますよ。受けた屈辱の三倍返しを、この年寄りに代わり、お二方に実行していただけるようにサポートさせていただきます」

ちょっと冗談めかした口調で、しかし本気の眼差《まなざ》しでそう言い、早川は腕時計にチラと視線を落としながら立ち上がった。

「さてと。このような時間に長居しては、ご迷惑になってしまいますね。わたしはこれで失礼いたします」

森は、社交辞令ではなく本心から声をかけた。

「わざわざ、仕事でもないのに骨折ってくれたんだ。よければ、夕食でもどうだ。少し待ってもらえるなら、すぐに支度をするが」

だが早川は、にこやかにかぶりを振った。

「ああいえ、お構いなく。今日は家で食べると家内に言ってありますので、外で済ませて来たりすると……」

「奥さんに怒られちゃいますか?」

敏生はクスッと笑って口を挟んだが、早川は穏和な笑顔のままで言葉を返した。

「いえ、家内にはそのことは伏せ、一食分余計に食べることになりますので、確実に太りますね。昔はいくら食べても余分な肉などつかなかったものですが、加齢というのは本当に嘆かわしい現象です」

思いも寄らない早川の返答に、敏生は鳶色《とびいろ》の目をパチクリさせる。

「えっ、もしここで晩ごはんを食べちゃっても、お家《うち》に帰ってまた食べるんですか？」

「それはもちろん。家内の手料理を食べないなどという選択肢は、わたしにはありません」

「うわあ……いまだにラブラブなんだ」

感心する敏生に、早川は少し照れた顔で眼鏡を押し上げた。

「あちらはどうだかわかりませんが、わたしのほうは、高嶺《たかね》の花を射止めた結婚当時のままの心持ちですよ。いわば、永遠の片想いのようなものでしょうかね」

「うっわー」

さすがの敏生も両手を頬《ほお》に当て、森は呆《あき》れ顔で首を振った。

「……やれやれ。お前の正面切ったのろけを聞く日が来ようとはな。まあいい。今日の礼はまた改めて考えるとしよう。気をつけて帰れよ」

「はい。もし、お出かけの際はご一報を」

戻って去っていった。

「わかっている」

「ではまた何か情報がありましたらお知らせいたします」

そう言って、早川はいつものように深々と一礼し、エージェントから営業マンの顔に戻って去っていった。

早川を見送って家に戻ると、森は物思わしげな顔で茶器を片付け始めた。敏生はその手伝いをしながら、そっと森に問いかけた。

「天本さん。さっき言ってたバーナビーさんって人、どんな人なんでしょうね」

「……さあな」

曖昧《あいまい》な答え方をして、森は台所へ行ってしまう。敏生は戸惑いつつも後を追った。

「早川にああは言ったが、実は夕飯をどうするか、まだ考えていなかったんだ。敏生、君、何が食べたい？」

森はまったく関係のないことを言いながら冷蔵庫を開ける。こういうときの森は、考え事が上手くまとまらず、言うべきことがない、あるいはその話題について今は話したくないと暗に伝えようとしているのだ。

同居生活も長くなり、そのあたりは把握している敏生は、ひとまず早川がもたらした情報のことは忘れ、森の脇《わき》からヒョイと冷蔵庫を覗き込んだ。

「でも天本さん、ここしばらく買い物行ってないでしょう？　材料、ちょっと厳しいんじゃないですか」

「缶詰やら冷凍しておいた食材やらを使えば、一食分くらいどうにでもなるよ。……だがまあ、君とゆっくり過ごせるのは久しぶりだし、いっそ近くまで食事に出ようか」

森は冷蔵庫の扉を閉めてそんな提案をした。途端に、それまで少し心配そうだった敏生は目を輝かせる。

「ホントですか？　やった、外食！　どこ行きます？」

「そうだな。ここのところ店屋物が続いていたから、どうにも野菜不足で身体《からだ》が重い。君も同じだろう？」

「確かに。あっ、じゃあ、ベトナム料理とかどうですか？　こないだ、足達《あだち》君が教えてくれた店があるんですよ。前に司《し》野《の》さんと行ったら、凄く美味《おい》しかったって」

「それはいいな。司野が納得した店なら申し分ないだろうし、君とベトナムに行ったときのことを思い出して懐かしいかもしれない。では、今日は君のチョイスに任せよう。夕方の適当な時間になったら、出かけようか」

「はいっ。じゃあ僕、それまでにやること片付けちゃいますね」

「あ、ちょっと待っ……」

敏生はそう言うなり、森が呼び止めようとするのに構わず、パタパタと足取りも軽く台いった、片方だけの靴下たちをつまみ上げたのだった。

森は嘆息して、台所から居間へ戻った。そして、結局ソファーの片隅に敏生が忘れていってほしかったんだが」

「……やはり、か。『やること』の中に、これを忘れずにいてほしかったんだが」

所から出て行く。


「あ、ここだ。この店みたいですよ、天本さん」

敏生が森を連れていったのは、電車で四駅のショッピングエリアの一角にある小さなレストランだった。商業ビルの二階にあるその店のエントランスには、いかにもそれらしい木彫りの龍《りゅう》や観葉植物の植木鉢が並んでいる。

「なかなか雰囲気のいい店だな。入ろうか」

「はいっ。……あれっ？」

重厚な黒っぽい木の扉を開けて店に入った敏生は、小さな驚きの声を上げた。

時間帯が少し早いせいか、店内にある五つのテーブルのうち、客が座っているのは一つだけ、しかもそこにいたのは、妖魔の術者兼骨董商《こっとうしょう》の辰巳《たつみ》司野と、ひょんなことからその下僕となった足達正路《まさみち》だったのだ。

敏生の声に気付いて振り返った正路は、敏生に負けず劣らずビックリした顔で立ち上がった。

「わあ、琴平君。まさかこんなところで会うなんて思わなかったよ」

「僕も。足達君に教わったから、天本さんと一緒に来てみたんだ。足達君たちも来てたなんて知らなかった」

「僕らも、さっき来たばかりなんだ。ホントに三分くらい前。まだ注文もしてないんだよ。あ、えっと、こんばんは、天本さん。ご無沙汰《ぶさた》してます」

正路は席を立ち、森にペコリと頭を下げた。実は結構な人見知りの森も、いつも礼儀正しく敏生とも仲良しの正路とは、もうすっかり顔なじみである。

「やあ、足達君。元気そうで何よりだ。司野も、しばらくぶりだな」

「こんばんは、司野さん」

「………」

森と敏生は座ったままの司野にも挨拶《あいさつ》したが、返事はない。司野は、妖魔だけに挨拶の習慣など持たないのだ。いつもの不機嫌顔で、森と敏生を睨んだだけだった。

（僕らが立ってて司野さんが座ってるから、本当は見上げられてるのに……それでも何故か、上から目線なんだよなあ。何でだろ）

変なことに感心しつつ、敏生は「天本さん」と同意を求めるように小声で森に呼びかけた。

「……ああ」

久しぶりに敏生と二人きりでゆっくり過ごすつもりだった森だが、この状況で何事もなかったように他のテーブルにつくのも妙だ。店員が戸惑い顔で自分たちを見ているのに気付いた彼は、残念な気持ちをポーカーフェイスの下に隠し、素知らぬふうで司野に提案した。

「せっかく凄いタイミングで同じ店に入ったんだ、よければ一緒に食事をしないか？　もし、邪魔なら遠慮するが」

正路と敏生は、少し心配そうに司野の顔色を窺《うかが》う。すると冴《さ》え冴《ざ》えと冷たい目をした妖魔は、底意地の悪い顔つきでニヤリと笑い、自分の隣の席を指先でトントンと叩いた。

「この場合、邪魔という言葉をいちばん使いたいのはお前だと思うがな、天本。そのお前が是非とも一緒にと言うなら、まあ、承知してやらんでもない。……こっちへ移れ、正路」

「あ、はいっ」

司野の意図を察した正路は、すばやく主の隣の席に移る。

「司野。それはいったいどういう意味……」

「もう、天本さんってば。大人げなく売られたケンカを、大人げなく買わないでくださいよ。お店の人が困ってるじゃないですか。早く座らなきゃ。ねっ」

司野のイヤミを聞きとがめようとする森を遮《さえぎ》り、敏生は大きな背中を両手で無理矢理押した。森を司野の向かいに座らせ、自分は正路と向かい合う席に着く。

少し心配そうな正路に、敏生は大丈夫だよと声を出さずに唇の動きだけで言い、笑ってみせた。

千年以上生き続け、並の人間を遥《はる》かに上回る膨大な知識と思慮深さを身につけた司野だが、妖魔独特の率直さを少しも失っていない。つまり、愛想などというものは持ちあわせていないし、気が進まないことはテコでもやらないし、妥協などという中途半端な決断もしない。

ということは、これまで森と敏生に何度も力を貸してくれたのは、彼がそうしたかったからだし、今も森と敏生が同じテーブルに着くことを許したのは、彼が二人にそれなりの愛着を持っているからに相違ない。ただ、デフォルトが仏頂面《ぶっちょうづら》で言葉に装飾性が皆無なので、どこか殺伐《さつばつ》とした空気が漂ってしまうだけだ。

無論、森もそのことは知っているし、彼自身、司野には相当深い友情と信頼を寄せている……と、少なくとも敏生は感じている。

ただ、森が司野と知り合ったのは、トマスの策略で敏生が拉致《らち》され、行方知れずになっていた最悪の時期だった。これまでの人生で最高に混乱し、落ち込んでいた無様な自分の姿を知っている司野を、森がいくぶん苦手に思ってもそれは仕方のないことだろう。

（天本さんも、ホントは司野さんのこと好きなのに……何か言われると、そのせいでつい

ムキになっちゃうんだよね)

　敏生は苦笑しつつ、司野と森の間を遮るように、大判のメニューを森の前に差し出した。

「はい、天本さん。注文、どうします?」

　だが森は、メニューをあっさり閉じてしまった。

「今日のところは、何度も店に来ているこっちの二人に任せたほうがいいだろう。我々も君たちと同じもので……と任せてもいいかな、司野」

　司野は肩を竦め、森の手から引ったくったメニューを正路に差し出す。

「俺も、ベトナム料理にはあまり詳しくないのでな。こいつに任せている」

　三人の視線がいきなり集中したせいで、正路は緊張の面持ちでメニューを開き、中程のページを森と敏生に示した。

「あの、僕ら、ここに来たときはいつもこのコースを頼んじゃうんです。これだと、バランスよくいろんなものが食べられるので。ちょっとミーハーかもしれないんですけど」

「あっ、僕らがベトナムで食べたものも入ってる。生春巻きとか、揚げ春巻きとか!」

「……春巻きばっかりだよ、琴平君」

「あはは、でも、ホントいろいろあって美味しそう。じゃあ、これにしようよ、足達君。でもって、飲み物は何があるんだろ」

「あ、いろいろあるけど、僕のお薦めはね……」

時々、二人で出掛けている敏生と正路だけに、すぐにメニューを挟んで楽しげに話し始める。一方で、普段から余計な話は一切しない森と司野は、互いに目を合わさず、腕組みしてテーブルクロスの毒々しい花柄を睨んでいたのだった。


とはいえ、各自好みの飲み物で乾杯し、料理がテーブルに並ぶと、たまに天本家で食事を共にする四人だけに、それなりに和やかな雰囲気になってくる。森と敏生が「組織」の依頼でベトナムに行ったときの思い出話を披露し、それに司野が珍しく興味を示したりして、美味しい料理も手伝い話が弾んだ。

そして、練乳のたっぷり入ったベトナムコーヒーと濃厚なカラメルプリンのデザートを楽しんでいたとき、司野がふと口を開いた。

「そういえば、天本。父親の件で何か進展はあったか？」

拉致された敏生を捜し出し、救出する過程で、司野は否応《いやおう》なくトマスとの戦いに巻き込まれた。その後もみずからの意志で、この件にかかわり続けている。

おそらく、司野なりに気を遣って、食事の最後までその話題を持ち出すことを控えていたのだろう。珍しい妖魔の心遣いに内心感謝しつつ、森はさりげなく答えた。

「いや。大きな進展はない。ただ、父の若い頃を知る人物の足取りが、ようやく摑めた」

司野は、甘くて濃いコーヒーを一口飲んで軽く眉をひそめ、鋭い目に好奇心の光を過《よぎ》らせた。

「ほう？　どこのどいつだ、それは」

「実は今日の昼間、早川が来てわかったことなんだが……」

森は手短に、クレイグ・バーナビーとトマス・アマモトの関係、そして、いったんはイギリスに帰国したバーナビーが、現在、京都に住んでいるらしいことを説明した。

黙って聞いていた司野は、面白くもなさそうな顔で鼻を鳴らした。

「ふん。なるほど、お前の父親が、己の野心に基づいて具体的な行動を起こし始めた頃を知る人物というわけだな。それは確かに、ある程度の情報は期待できそうだ」

森は、渋い顔で頷く。

「ああ。父の野心の原点を知るために、是非とも話を聞いてみなくてはならない相手だ。だが、重要な情報を持っていそうなだけに、安易な接触は躊躇われる。伯父のように、俺と会って話したばかりに、父によって死に追いやられるようなことが……二度とあってほしくない」

「天本さん……」

敏生と正路は心配そうに森を見守ったが、司野はあっさりと言ってのけた。

「ふむ。お前の父親には妙な公平性があるようだがな」

森は軽く眉根を寄せる。

「公平性？　父にか？　あの人には、もっとも似つかわしくない言葉だと思うが」

「そうか？　だが、考えてもみろ。お前が誰に会い、自分のことを詮索《せんさく》しようと、トマス・アマモトは気にしないし、妨害しようともしない。というより、お前がその人物を捜し当てるほど賢明であったことに満足し、そうやって自力で情報を集め、自分を追ってくることを楽しみにしているようだ」

「……確かに」

司野の言うことはいちいちもっともで、森はいかにも不承不承同意する。司野は、立て板に水の滑らかさで言葉を継いだ。

「しかし一方で、お前に情報を提供し、アマモトについて否定的な発言をした人物については、自分を裏切ったと認定して容赦しない」

「そういう意味か。公平性と呼べるかどうかはわからないが、確かに伯父のときもそうだったな。いくらでも途中で妨害の仕様はあったのに、俺と伯父が会って話すまで待ってから、伯父を殺害した」

敏生も、躊躇いがちに口を挟んだ。

「早川さんも今日、言ってましたね。トマスさんは、天本さんや僕に協力した早川さんのことはボッコボコにしたけど、奥さんや娘さんには絶対に手を出さないって。ええと、早川さんはジェントルマンシップ、って言葉を使ってましたっけ」

「無関係な人間は巻き込まない。それだけ自信があるということだろうが、お前たちにとって、奴のそうした気質は確かに僥倖《ぎょうこう》だろう。トマス・アマモト……人間にしては、迷いやブレのない行動規準の持ち主だ。ある意味その単純さは、人間というより妖《あやか》しのそれに近いな。面白い」

最後のほうは独り言のような口調で興味深げに呟いた司野は、ふと本来の問題を思い出したらしく、森に問いかけた。

「で？　そのバーナビーという男とは、どうやって接触するつもりだ？　会うのか？」

森は曖昧《あいまい》に首を傾げた。

「正直、悩んでいるよ。俺が会いに行けば、バーナビーは事件の『関係者』と見なされ、父に監視されることとなるだろう。俺には、彼の平穏な生活を乱す権利はない。たとえ、彼がどれほど重要な情報を持っているとしても」

「だが、本人がそれを覚悟の上で、お前に会うと言えば構うまい」

「そう簡単に言うな。俺は、誰にも自分のために命を捨ててほしくなどない」

少し苛《いら》ついた口調で言い返す森に少しも動じず、司野は片手で頬杖《ほおづえ》をつき、ボソリと言った。

「面倒だな。なら、間接的に連絡を取ってみるのはどうだ？」

「間接的？」

「相手が電話を引いていないなら、連絡手段は書簡か、直接会いに行くかだろう。それならば、お前の書簡を、内容を知らない第三者がバーナビーに届け、後日、返事を受け取ってくる。そんな伝書鳩《でんしょばと》のような人間を挟めば、郵便より確実だ。お前が突然会いに行くより遥かに安全だし、バーナビーにも心を決めるための時間が与えられる」

「……確かに。しかし、そんな人物は……」

「俺が手配してやってもいい」

司野はニヤリと笑ってそう言った。森は意外そうに眉を上げる。

「あんたが？」

「ああ。京都には、取引のある骨董商が何人もいる。奴《やつ》らが持て余したいわゆる『付喪神《つくもがみ》』を引き取ってやるついでにそのくらいの使いを頼むのは、朝飯前のことだ」

敏生は、少し安心した様子でポンと手を打った。

「そっか。ただのメッセンジャーなら、手紙を運んでくれる人には迷惑がかからないし、バーナビーさんも僕たちとは無関係のままの立場で、どうするか考えられますよね」

森も、少し考えてから頷く。

「確かに、現時点ではそれがいちばん妥当かつ慎重な策だな。……本当に頼んでもいいのか、司野」

「まあ、よかろう。とりあえずは、これでな」

司野はいかにも鷹揚《おうよう》に頷き、テーブルに肘をついたまま、テーブルの片隅に置かれていた二つ折りの伝票を指先で挟み取る。

「わかった。正式な礼は、また後日。手紙が書けたら、厳重に封をして小一郎に届けさせる。……ありがとう。足達君も、また」

司野の指から伝票をさりげなく奪い取ると、森は席を立ち、短い謝礼と別れの挨拶を口にしてキャッシャーに向かった。

「え？　わっ、天本さん、帰るのならそう言ってくださいよっ。あのあの、じゃあ、お願いします、司野さん。また連絡するね、足達君！」

どうも、司野にストレートに礼を言うのは気恥ずかしいらしい。いきなり先に帰る態勢に入ってしまった森に、敏生は大慌てで大事に少しずつ食べていたプリンの残りを口に放り込み、慌てて後を追いかけた……。

＊　　＊

それから一週間後の夜。

コンコン！

いつもより少し大きなノックの音に、自室で絵を描《か》いていた敏生はハッと我に返った。

「あ……はい、どうぞ」

「すまない。邪魔するぞ」

そう言いながら入ってきたのは、部屋着姿の森だった。椅子《いす》から立とうとした敏生を片手で制し、森は机の上に広げられた大判のスケッチブックを見下ろした。

そこには、見開きでパステル画が描きかけになっている。

「絵を描いていたのか。道理で、最初のノックに答えがないわけだ」

「え？　僕が聞いたの、二度目のノックだったんですか？」

敏生が少し驚いてそう言うと、森は微笑して頷いた。

「ああ。実を言うと、五分ほど前にインターホンも鳴ったんだが、当然それも聞こえていなかったんだろうな」

敏生は申し訳なさそうに、パステルで汚れた指を濡《ぬ》らしたタオルで拭《ふ》きながら頷いた。

「ホントですか？　全然気付きませんでした」

「いつもはどちらかというと注意散漫な君が、そこまで集中できるとは驚きだ。やはり、本当に絵が好きなんだな」

変な感心の仕方をする森に、敏生は照れ笑いしつつ不思議そうに首を傾げる。

「自分ではそこまで集中してるなんて思ってなかったんですけど……でも、そうかも。それにしても、こんな遅い時間に配達か何かですか?」

「いや。司野だった」

「司野さん? あっ、もしかして」

「ああ。バーナビーからの返事を届けてくれたよ。外出のついでに寄ったと言っていたが、おそらくは確実を期して、わざわざ持って来てくれたんだろう。素直じゃない奴だ」

「……天本さんと、そういうとこちょっと似てますね」

「そんなことは……」

「いいからいいから。何て書いてあるんですか?」

「俺もまだ見ていない。どうせなら、君と一緒にと思ってね」

そう言って、司野は敏生の机のペン立てからペーパーナイフを取り、白い封筒の封を切った。中からは、四つ折りになった淡いブルーの便箋《びんせん》が出てくる。

「何て書いてあるんだろ。……って、ありゃ」

敏生はワクワクした顔で立ち上がり、森の手元を覗き込んだ。しかし、その幼さを残した顔に、みるみる失望の色が広がっていく。

いくら日本在住とはいえ、クレイグ・バーナビーはイギリス人である。予想してしかるべきではあったのだが、手紙は見事に英語で書かれていたのだ。

「うー。これは僕には読めないなあ。天本さん、翻訳してください」

「そこまで難解な英語だとは思わないがな」

「どうせ天本さんと僕じゃ、おつむの出来が違うんですよーだ」

急にテンションの下がった敏生に苦笑いしつつ、森は敏生のベッドに腰掛けた。いかにも穏やかな人柄が窺《うかが》える丸みを帯びた筆記体に目を走らせる。

そこにはまず、森からの突然の手紙にとても驚いたこと、トマス・アマモト氏の子息がもう立派な大人であることに、歳月の流れの速さを実感したことが、端整な、しかしどこかよそよそしい文体で綴《つづ》られていた。

そして、その先を読み進んだ森の眉が、あからさまに曇る。敏生は、我慢できずに森の隣に勢いよく腰を下ろした。

「早く訳してくださいよ。何て書いてきたんですか?」

「会えない、と」

「ええっ?」

「あまり余計なことを相手に知らせないほうがいいと思ったから、俺は自分の素性と、バーナビー氏とフィールドワークを共にしていた頃の父のことを知りたいとだけ、手紙に書いたんだ。その返事は、こうだ。『君が何故、お父上の昔話をわたしから聞き出そうとするのか、その理由は知らないし、知ろうとも思わない。確かに昔、わたしはトマスを深く尊敬し、行動を共にしていた。しかし、あることから我々は袂《たもと》を分かち、その後、わたしはトマスには一度も会っていない。もはやわたしは、彼とはまったくの無関係だ。今さら、彼について君に語るつもりはないし、思い出すべき記憶も持ちあわせていない』……かなり強硬な拒否反応だな」

敏生は落胆を隠さず、森の伏し目がちな横顔を見た。

「よっぽど、トマスさんとこっぴどいケンカをしたんですね、昔。トマスさんのことなんて、思い出したくもないって感じですか?」

「……今のところ、そうなんだが……」

森は何故か微妙な表情で便箋をめくり、手紙を最後まで読み通して小首を傾げた。

「それにしては、奇妙だな」

「何がですか?」

再び顔じゅうに好奇心を漲《みなぎ》らせる敏生とは対照的に、森はどこか困惑顔で口を開いた。

「手紙の要旨は、さっき君に言ったとおりだ。面会は拒否、情報提供も拒否。……ずっとそんなニュアンスの慇懃《いんぎん》無礼《ぶれい》な文章が続くんだが、最後だけ、若干雰囲気が違う気がする」

「どんなふうに?」

「そうだな……。『どうか、わたしのことは忘れ、以後の干渉は控えてほしい』と手紙を締めくくったあと、わざわざ、こんな文章を追伸として付け加えているんだ。『トマスのことはさておき、わたしが今暮らしている美山はとても美しいところだ。君は小説家なのだから、一度はここを訪れ、豊かな自然に触れてインスピレーションを得るべきだと思う』と」

「ほえ？」

敏生は、目をパチクリさせる。森は、手紙を読み返しながら、形のよい眉根を寄せた。

「読み返すほどに、この追伸にだけ違和感を感じる。俺の思い込みでなければ……」

そこで言葉を切った森の代わりに、敏生は恐る恐る自分の考えを口に出してみる。

「天本さんに会う気はないし、トマスさんのことも喋《しゃべ》らないけど、自分の住んでるところにはおいで……ってことですか？」

「君もそう思うか？」

「ってことは、天本さんも？」

「俺には、どうもこれが美山に来るようにという、バーナビーからの遠回しなメッセージに思えて仕方ないんだ」

「でも、どうして？　何のために？」

敏生のストレートな問いかけに、森も正直に答える。

「皆目わからない。しかし、微かな希望が残っているなら、たとえバーナビー本人との接触は叶《かな》わないとしても、現地に赴《おもむ》く価値はあると思うんだ」

敏生も、こっくりと頷く。

「僕もそう思います。これで諦《あきら》めちゃうのは、あんまり残念だし。無理矢理バーナビーさんに会って迷惑をかけるのはいけないと思うけど、美山にはおいでって言ってくれてるんだし！　ここで悩んでるくらいなら、行ってみましょうよ、天本さん」

単純明快な敏生の言葉は、すぐに悩みがちな森の神経を和らげてくれる。森は口の端に笑みを浮かべ、同意した。

「そうだな。君の言うとおりだ。では、できるだけ早く、美山を訪れてみるとしよう。俺はここしばらくは締め切りがないからいつでも出掛けられるが、君のほうはどうだ？　今回は、本当に『行ってみるだけ』になる可能性が高い。無理をする必要はないよ」

便箋を封筒に戻しながら、森は少し気遣わしげにそう言った。

師匠である高津園子《そのこ》が急逝して以来、敏生は誰《だれ》にも師事していない。園子の遺《のこ》してくれたデッサンを心の支えに、独学で絵の勉強を続けることに決めたのだ。

ただし、園子の死後、絵画教室を開いた兄弟子に請われ、時折アシスタントを務めている。その仕事のことを森が気にしているのだと悟って、敏生は笑ってかぶりを振った。

「大丈夫です。アシスタントの仕事があるのは、生徒さんたちが写生に出る日だけですから」

「そうなのか？」

「ええ。しばらく予定はないから、気にしないでください。明日出発でも平気ですよ。もちろん、小一郎も一緒に。ね？」

敏生は机の上に座らせた羊人形に声を掛ける。人形の中で二人の会話を聞いていたらしき式神は、クタクタの前足で耳のあたりを隠し、パタンと前に倒れた。恋人たちの時間を邪魔するつもりは皆目ないという、主に森に対するアピールであるらしい。

「無論お前も連れて行くから下がっていろ、小一郎」

低い声でそう言いながら立ち上がり、羊人形を無造作に座り直させた森は、ついでに敏生のスケッチブックを持って、再び敏生の隣に腰掛けた。

「これは？」

ごく短い言葉で画題を問われ、敏生は、はにかんだ笑顔で答えた。

「特に、何がテーマってわけじゃないんです。ただ、もうすぐ春だなって思って。春っていえば桜っていうのが普通だと思うんですけど、僕の中では、春のシンボルってタンポポなんです」

「タンポポ？　それはまた可愛《かわい》い花だな」

「小さい頃に母親と住んでた小さな家の庭には、毎年タンポポがいっぱい咲いたんです。それを摘《つ》んで家じゅうに飾ったり、真っ白の綿毛を吹いて遊んだり……。僕にとっては、凄く楽しかった思い出なんです」

「……そうか。それで」

森は、改めて絵に見入った。まだ荒っぽいタッチだが、画面を埋め尽くしているのは、確かに若葉の緑と、タンポポの花の黄色、それに綿毛の白だ。

敏生は、懐かしそうな遠い眼差しで言った。

「園子先生は、いつも仰ってました。心に強く焼き付けられた光景は、月日の流れと共により美しいものに昇華していくから、それを完璧《かんぺき》に絵に写しとることは一生かかっても無理でしょう。でも、瞼《まぶた》の裏に浮かぶ景色があまりにも素晴らしいから、それを自分がいなくなった世界に遺したいという衝動を我慢することはできないのよ、って」

森は、生前二回だけ会ったことがある園子の柔和な笑顔と芯《しん》の通った声を思い出しながら、絵と敏生の顔を見比べた。

「高津先生らしいお言葉だな。君はそれに共感して、この絵を?」

敏生は恥ずかしそうに頬をほんのりと染め、ちょっと肩を竦めてみせた。

「共感っていうか、僕はまだ、自分が死んだ後のこととかは、さすがにあんまり考えてません。ただ……ただ……」

「ただ?」

「僕の心の中にある大事な思い出を、僕ひとりじゃなくて、天本さんにも見てほしいんです。高津先生ほどの人でも、思い出の中の景色を絵に写し取ることはできないって仰ってたから、僕には一生無理かも。でも、やっぱり、僕が綺麗だって思ったものを、天本さんにも見せたいなって」

「……なるほど」

森は、愛《いと》おしげな眼差しを絵に落とす。敏生は恥ずかしそうに、スケッチブックを森から奪い取った。

「あっ、でも！　これはまだ描きかけだから、あんまり見ないでください！　いくらヘタクソでも、もうちょっとマシな絵に仕上がりますから。そしたら改めて見せ……わっ」

しかし、すべて言い終える前に森に抱き寄せられ、困惑の面持ちになる。

「天本さん？」

「絵の上手下手は、この際関係ない。君のその気持ちが、俺には何より嬉しいよ」

森は敏生のフワフワした前髪を掻《か》き上げ、額にキスしてそんなことを言う。敏生は、ちょっと唇を尖《とが》らせて文句を言った。

「関係大ありですよう。そりゃ僕はまだまだ一人前にはほど遠いから……」

だが森は、そんな敏生の唇を親指の腹で撫《な》でて黙らせ、どこか悪戯《いたずら》っぽい眼差しで言い返した。

「しかし、技巧的だが何も伝わらない写真のような絵より、下手でも描き手の気持ちが溢《あふ》れている絵のほうが魅力的だ。俺はそう思うが？」

「そ……それはそうかもですけど！　でもって、現時点でも思いだけは溢れかえってますけど！」

「それが感じ取れるから、嬉しいと言った。……ありがとう。君の絵も言葉も、いつも俺の心を温めてくれる。君と一緒にいると、いつも日向《ひなた》にいるようだ」

照れ顔を見られるのが嫌なのか、森は敏生の頭を自分のシャツの胸に押し当ててしまう。いつもよりほんの少し速い森の鼓動を聞きながら、敏生はそっと問いかけた。

「ねえ、天本さん。美山に行くの……ちょっと不安ですよね？」

数秒の沈黙の後、森は正直に答える。

「ああ。少しどころか、大いに不安だよ。父がいつ何を仕掛けてくるかと、疑心暗鬼にならざるを得ないからな。……それでも、君の行方が知れなかったときに比べれば何でもない。心がちぎれるという言葉の意味を、身をもって知ったあのときに比べれば」

「天本さん……」

森の声の苦さに、当時の彼の苦しみが思いやられて、敏生の胸が鋭く痛む。だが森は、敏生の柔らかな髪を撫でながら、溜め息のように笑った。

「俺にとって、君は肌身離さず持っているべき護符のようなものだよ。君がいてくれさえすれば、たいていのことは切り抜けられる気がするんだ。だから、そんなに心配しなくていい」

「護符って、お守りのことですよね？　じゃあ、こんなふうにしてれば平気ですか？」

敏生はわざと明るい声で言って、森の胸に両腕を回し、ギュッと抱きつく。

「そうだな、こんなふうに。いっそ君を小さくして、ポケットに入れて歩きたいくらいだ。……そうすれば、我が家のエンゲル係数もずいぶん下がることだろうしな」

森は冗談めかした返事をして、敏生の華奢《きゃしゃ》な身体を抱き締めた。その口調の軽さにかえって森の覚悟の重さが思いやられて、いつもなら膨れっ面で言い返す敏生も、何も言わずに森の胸に鼻面を擦りつけた。

絵や声だけでなく、互いの体温そのものが、いつまで続くかわからない恐怖や不安と戦う心を温めあえますように。そんな祈りにも似た想いを込めて、二人はじっと身を寄せ合っていた。

この小旅行が、この後思いも寄らない方向に転がっていくことなど、そのときの二人にはまだ、知るよしもなかった……。

二章　孤高の炎

「う……わあぁ。何か身体《からだ》がふわふわふわする」

バスから降り立った敏生《としき》は、本当に少しふらつき、そんな自分に驚いたように笑った。

「確かに。船から下りた直後のようだな」

運賃を払って後から降りてきた森《しん》も、思わず足元を確かめる。そんな二人の背後で、乗客がゼロになったバスは、大袈裟《おおげさ》なエンジン音を響かせながらゆっくりと走り去っていった。

クレイグ・バーナビーの謎《なぞ》めいた返信を受け取ってから、二日後。

森と敏生は、彼が住む美山《みやま》に来ていた。

新幹線で京都駅に来るところまでは簡単だったのだが、そこからが地味に大変で、目的の地区に行くためには、バスを三台も乗り継がなくてはならなかった。所要時間もトータルで三時間近くになり、新幹線で東京から京都に移動するより長い時間、バスに揺られていたことになる。二人がフラフラになるのも、無理からぬことだった。敏生は、うーんと大きく伸びをしてから、ちょっと窮屈そうに肩を回した。

あるいはバーナビーに会う可能性もあるのだからと、今日の敏生はいつものジーンズとパーカではなく、白いシャツと紺色のブレザーというまるで高校生のような服装をしている。本当はスーツを着ようとしたのだが、あまりにも居心地が悪そうな様子に森が失笑したせいで、ふてくされて着替えてしまったのだ。

こちらは完璧《かんぺき》にスーツを着こなした森も、片手で目元を庇《かば》いながら、雲一つなく晴れ渡った空を見上げた。

「いい天気だな。……そして、訪問を勧められるのも納得できる、美しいところだ」

「ホントですね」

敏生も相づちを打ち、周囲を見回す。

目に映るのは、まだ寒々しいが、確実に春の息吹が予感できる山々。そして、その山肌に包み込まれるように並ぶ昔ながらの大屋根の家々と、整然と区切られた田畑である。

「凄《すご》いなあ。まさにイメージの中の山里って感じ。ほら、かやぶき屋根の家もチラホラ残ってますよ」

「本当だな。むしろ、俺《おれ》より君にとって魅力的なんじゃないか、ここは。まだ春浅いから寂しげだが、きっと五月あたりになれば、このあたりの田んぼにはレンゲが咲くんだろう。その頃には、君の好きなタンポポもあちこちで咲いているだろうな」

そんな森の言葉に、敏生は数秒目を閉じてその光景を想像し、ニッコリした。

「きっと、桜もいっぱい咲きますよね。あと何ヵ月かすれば、田んぼに水が張られて田植えも済んで、凄く綺麗《きれい》なんだろうなあ。はー、その頃に来たかったかも。あ、ダメダメ。今回はそんな目的で来たんじゃないんですもんね」

「そうでもないさ。バーナビー氏は、美山は美しいところだから、来てインスピレーションを得ろと言ってきた。とりあえず我々は、それを実践しているというわけだ。何なら、スケッチでもしていくかい？」

まるで、敏生にではなく、どこか遠いところから自分たちを監視しているかもしれない父親に言うかのように、森はらしくない軽口を叩《たた》く。敏生はクスリと笑って、ショルダーバッグを指さしてみせた。

「ホントのこと言うと、ちっちゃなスケッチブックを持っては来てるんですけど……でも、まずはバーナビーさんのお家に行きましょうよ。ここから近いんですか？」

「……いや。早川《はやかわ》のくれた地図によれば、バーナビーの住む家は、ここからまだだいぶ離れた場所にあるようだ。まさに隠棲《いんせい》の地、だな」

「じゃあ、散歩がてら歩いていきましょう。気持ちのいい天気だし」

「そうだな。……小一郎《こいちろう》」

『はッ。先に様子を探ってまいりまする』

森の命令に、虚空《こくう》から式神の寂《さ》びた声だけが聞こえる。敏生がジーンズのベルト通しにぶら下げた羊人形から、森と敏生の道行きの安全を確かめるべく飛び出したのだ。

長年一緒にいる主従だけに、皆まで言われなくても主人の意図はわかるらしい。そんな森と小一郎の信頼関係を少し羨《うらや》ましく思いつつ、敏生は森について歩き出した。

バス道を外れ、集落の中を縫うように走る細い道に入っても、大部分はアスファルトで舗装されているので歩きやすい。

まだ農作業は本格化していないのだろう。外に出ている人は少なかったが、家々の軒先には布団や洗濯物が干され、そこに暮らす人々の温《ぬく》もりが感じられる。

シーズンには観光客が多く訪れるのか、たまに見かける集落の人々は、明らかによそ者の森や敏生を見ても警戒するふうはなかった。

「京都駅で早いお昼を食べてきてよかったですね。もうすぐおやつの時間だけど、こんなのどかなところじゃ喫茶店を見つけるのも無理っぽいし」

キョロキョロと好奇心いっぱいにあちこち眺めながらそんなことを言う敏生を、ジャケットを脱いで腕にかけた森は苦笑いでからかった。

「君の時間感覚は、食事と間食が中心なんだな。まさに腹時計というやつか」

「だってさっき、どっかの家から、煮物の凄くいい匂《にお》いがしたんですよ。あれ、小芋を煮てるんじゃないかなあ」

「やれやれ。……それにしても、静かなところだ」

「ホントですね」

いつもはお喋《しゃべ》りな敏生も、時折口を噤《つぐ》み、自然の音に耳を澄ませながら歩く。小鳥のさえずりだけでなく、せせらぎの音すら聞こえる静けさは、とても心地よかった。

「こんな素敵なところに住んでる人だもの。バーナビーさんって、きっと凄く穏やかで優しい人だと思うんだけどな」

「君は単純でいい」

「だって、さっきからいろんな精霊たちが入れ替わり立ち替わり、挨拶《あいさつ》がてら僕らを見物に来てるんですよ。自然と人と精霊が、ここではまだ普通に共存してるんだなーって思うと、嬉《うれ》しくなっちゃって。こんな場所に、悪い人は住めないですよ」

蔦《つた》の精霊を母親に持つ敏生は、普通の人間はもちろん、森さえも気付くことができない小さな自然界の精霊たちの姿を見、声を聞くことができる。敏生にとってそうした精霊たちは、母親が去り、ひとりぼっちになった彼の孤独を慰めてくれた友達のような存在なのだ。

彼には見えない精霊たちと何やら囁《ささや》き交わしている敏生を微笑《ほほえ》ましく見守っていた森

は、「……そうか」と小さく呟《つぶや》いた。

「精霊たちがそうして君と無邪気に戯《たわむ》れているということは……ここには彼らを脅かす禍々《まがまが》しいものは……父は、いない。そういうことか」

敏生も、指先にじゃれついていた風の精霊を優しく送り出してやり、真顔に戻って頷《うなず》いた。

「確かに、今はいません」

「今は？」

優しい眉《まゆ》を曇らせ、敏生は軽く首を傾《かし》げた。

「五日くらい前、何だかとても怖いものが来たけど、すぐいなくなった。そう言ってます」

「五日ほど前？　それは、父のことか？」

「ハッキリとはわかりませんけど、たぶん。どこからともなく急に現れて、精霊たちはみんなねぐらに逃げ帰ったんだそうです。でも、息をひそめていたら、すぐにいなくなってホッとしたって」

「……その怖いものは、どこを訪ねたか、わかるか？」

敏生はしばらく、森には虚空にしか見えない空間に手を差し伸べてじっとしていたが、やがて森に向き直ってかぶりを振った。

「まるでどす黒い闇《やみ》が来たみたいで、みんなすっかり怯《おび》えてしまったから、どこへ行ったか、目的は何か……そういうことは全然わからないみたいです。でも、ここで悪いことや恐ろしいことはしてない、ただ来て去っていっただけ……みんな口々にそう言ってます」

「なるほど。それが父と仮定すれば、彼が発する瘴気《しょうき》は、清浄な場所でしか生きられない精霊たちには恐ろしい毒だろうからな。無理もない」

「やっぱりトマスさんなんでしょうか」

「そう考えるのが自然だろう。五日前といえば、バーナビーが俺からの手紙を受け取った後であり、返事を寄越す前だ。父からのアプローチ、いや脅迫と言ったほうが正しいか、それがあったからこそ、あんな文面になったとも考えられる」

「脅されて、天本《あまもと》さんに会いたくない、お父さんのことを話すつもりもないって手紙を書かされた……ってことですか?」

「そう考えても不思議ではないな。だが、そうなると」

森が言おうとしていた言葉を、一足先に敏生が口にする。

「トマスさんに脅されて、バーナビーさんが自分を守るために天本さんとの面会を拒否したなら、どうして……ここに来るといいって言ったのかな」

「そこだ」

緩やかな上り坂を歩きながら、森は眉をひそめた。長い指で、尖《とが》った顎《あご》を撫《な》でる。彼が考え事をしているときに、よくする仕草だ。

「一度は俺との面会を拒んでおいて、後日、秘密裏に会う……などということが不可能なのは、いくらバーナビーが一般人でも、今の父の禍々しい気を味わえばわかったはずだ。となると……」

『主殿《あるじどの》』

そのとき、虚空から寂びた声が聞こえた。森は、足を止めずに式神の呼びかけにいらえる。

「どうした、小一郎」

小一郎は、姿を現すことなく答えた。

『お父上の気配は今はございませぬ。ただ……ごく微《かす》かな痕跡《こんせき》のようなものを感じまする』

「妖《あやか》しのお前には感じられるのか。どうやら、五日ほど前、父とおぼしき禍々しい『何か』が、ここを訪れたらしい。目的は、バーナビーだろう。彼は無事か?」

『は、それが』

「……どうした?」

訝《いぶか》しげに訊《たず》ねた森に、小一郎は慎重に答えた。

『この先の集落のすべての家屋を見回って参りましたが、異国人の姿はありませなんだ』

敏生は目を見張り、周囲を見回す。

「え、嘘《うそ》。いないの、バーナビーさん。ホントに？　隅から隅まで捜した？」

『おらぬ。お前と違って、俺の目に見落としはあり得ぬわ』

タオル地で作られた羊人形のクタクタの前足が、敏生のジーンズの腿《もも》を叩《たた》く。どうやら式神は、外出中の居場所である羊人形に戻ってきたらしい。

「じゃあ、ご本人は今、少なくともこの辺りにはいないんだ？」

『そのようだ。……如何《いかが》なされまするか、主殿』

問われても、森は足取りを緩めようとしない。

「本人が不在なら、安心して自宅を訪ねられるというものだ。会いさえしなければ、父がバーナビーに危害を加えることはないだろうからな」

敏生は小走りに、そんな森に追いつき、厳しい顔を見上げた。

「それって、バーナビーさんがもうここを引き払っちゃったってことですか？」

「どうだろう。あるいは、単に外出しているだけかもしれない。俺たちが今日来ることなど、先方は知るよしもないんだからな」

「それはそうですけど……」

「とにかく、行けばすべてがわかる……かもしれない。遠路はるばるここまで来たんだ。本人がいようといまいと、自宅まで行ってみない法はないだろう」

「うう……会う気がないって言ったのに、どうして来たって怒られるのも怖いけど……いないのはもっと怖いなあ。無事かどうか、凄く心配になっちゃう」

不安げな敏生とは対照的に、森はもはや開き直りに近い態度で、早川から渡された地図を広げる。

「そこを右に折れて、突き当たりの家だな。とにかく行こう。まだ先は長いぞ」

森はそう言い、どんどん歩いていく。

「あ、待ってくださいよう」

敏生は慌てて、周囲に注意を払いつつ、森を追いかけた……。

クレイグ・バーナビーが借りているという家は、まるで民話の世界を絵に描《か》いたような木造の小さな平屋だった。

屋根はトタン張りだが、かつては茅葺《かやぶ》きだったのだろう。何もかもが古びていても、人が住んで手入れしているからこそ保ちうる頼もしさや生命感のようなものが感じられる。

玄関前の植え込みは綺麗に刈り込まれ、大きな植木鉢がいくつか並んでいる。玄関は施錠されておらず、縁側の雨戸も開いていて、ピカピカに磨かれた板の間には、座布団がズラリと並べてあった。おそらく、日干ししているのだろう。

「天本さん、これって、ちょっとお出かけしてるだけみたいに見えますけど」

「……だな」

「それとも誰か、お留守番の人がいるのかな。あれ、玄関に鍵《かぎ》がかかってないや。不用心だなあ。……すいませーん。どなたかいらっしゃいませんかー！　ごめんくださーい！」

物怖《ものお》じしない敏生は、さっそく玄関の扉を開けて声を張り上げる。しばらく待って返事がないので、今度は縁側のほうに回り、閉め切った障子の向こうに向かって、もう一度呼びかけた。

「バーナビーさん！　こんにちはー！」

「おい、敏生、こんな静かな場所でその大声は……」

敏生の声は成人男性にしては高めで、よく響く。さすがに少し焦った森が制止しようとしたとき、隣の家から中年女性が姿を現した。

いかにも田舎のおばちゃんという感じの、花柄のカラフルな割烹着《かっぽうぎ》とダボッとしたズボンという服装の小柄なその女性は、やはり敏生の声に反応して出て来たらしい。自宅の縁側から、伸び上がるようにしてこちらを見ている。その表情はさすがに胡散臭《うさんくさ》そうだ。

彼女が警戒するのも無理もない。本人たちが思うよりずっと、長身で端整な顔立ちの森と、小柄でいまだに可愛《かわい》らしいという形容詞が似合う敏生の組み合わせは珍妙で、関係性が推測し難《にく》いからだ。

「あ。お隣さんだ」

「……待て。俺が行く」

いざというとき嘘のつけない敏生では具合が悪いので、森は足早にその女性のもとへ赴き、丁寧な挨拶をした。そして、不審顔の女性に訪問の理由を告げる。

まったくの嘘を言うのも気が引けたので、「長年音信不通だった父の旧友を、高齢の父に代わって訪ねてみることにした」と森は告げてみた。幸い、それは隣人の彼女にとっては十分に納得いく理由であったらしい。顔いっぱいに浮かんでいた警戒の色は、すぐに薄れ始めた。

最初こそ一歩引き気味だった女性だが、あくまでも礼儀正しく、端整なルックスの森に徐々に見とれ始め、次第に身振り手振りも声も大きくなっていく。

敏生は、バーナビー家の縁側に腰を下ろし、足をブラブラさせながら、そんな二人の姿を見守った。

やがて、森をすっかり信用したらしき女性は奥へ引っ込み、森はあからさまにやれやれという顔つきで戻ってきた。その手には、何やら四角い風呂敷《ふろしき》包みがある。

敏生は、ぴょんと勢いをつけて縁側から降り、森に駆け寄った。

「どうでした、天本さん？」

森は、隣家のほうをチラと見て言った。

「さっきのご婦人が、この家の持ち主でもあるそうだ」

「じゃあ、バーナビーさんの大家さん？」

「ああ。そして三日前、バーナビーは急にこの家を引き払い、どこかへ去った。家財道具はもとからこの家にあったものがほとんどらしい。だから彼はわずかな荷物をまとめ、発送を大家に頼んで立ち去った。バーナビーは日頃、物静かな雰囲気の人だっただけに、その異様な慌ただしさに驚いたと彼女は言っていた」

「帰国の理由は？」

「故郷で家族に不幸があったからと彼女には説明したらしいが、それは嘘だろう。彼にはもう、存命の家族はいないはずだからな」

「ってことは、やっぱりトマスさんが僕らより先にバーナビーさんに会って……」

「脅したかどうかはわからないが、バーナビーが俺たちに会うのを忌避するきっかけを作ったことは確かだろうな」

「そっか……。せっかくここまで来たのに、会えなかったのは残念。だけど、バーナビーさん、出て行く前に、天本さんにあんな手紙を書いたのは何故《なぜ》なんでしょう。自分がいない家に、僕らを呼び寄せるようなことを書き添えて……」

「その秘密は、ここにあるのかもしれない」

　森はそう言って、風呂敷包みを敏生に示した。敏生は、興味津々の様子で、古ぼけた藤《ふじ》色《いろ》の風呂敷に目をやる。

「それは？」

「大家が、バーナビーから預かっていたものだ。たぶん近いうちに、天本森という名の青年が来るだろうから、彼に渡してくれ……そう言っていたらしい」

それを聞いて、敏生は眉をひそめ、腕組みして首を傾げた。

「わざわざ天本さんに面会を断る手紙を送って姿を消したのに、そんなものを残してったってのは……」

「やはり、あの手紙の最後のくだりは、俺をここに来させるためのものだったんだろう。ああ書いておけば、俺は必ずやってくる。そう確信してのことだ」

「それって、天本さんに会うことも、直接話すこともしたくないけど、この品物を渡すことで、何かを伝えようとした？」

「おそらくはな。バーナビーが父とどんな話をしたかは知るよしもないが、これを俺に残すことが、父との取り決めに反しないギリギリの行為だったのかもしれない」

森は複雑な面持ちで、風呂敷包みを見下ろす。敏生は、そんな森の腕に軽く手を掛けた。

「ね、開けてみましょうよ」

だが森は、きっぱりとかぶりを振った。

「いや、中を見るのは、後にしよう」

森の言葉に、敏生は少し不満げに食い下がる。

「ええっ？　どうしてですか？　早く見たいのに」

「バーナビーが、少しでも父の目をかわせるよう細工してまで残してくれたものだ。ここで迂闊《うかつ》に開けてしまえば、中身が何であれ、父に見られる可能性も上がる。バーナビーの気持ちを無にすることになりかねない」

「それは……確かに」

「しかも、君はすっかり忘れているようだが、帰りのバスの問題もある。ここに来るのに予想以上に時間を食ってしまった。うっかりしていてきちんとした時間を計っていなかったが、たぶん、バス停から小一時間かかっただろう？」

腕時計に視線を通し、敏生は頷《うなず》く。

「ですね。上り坂だったせいもあるけど、こんなのどかなところで走るのも変な感じがして、ゆっくり歩いて来ちゃいましたもんね」

「ああ。ということは、そろそろバス停に引き返さないと、次の……いや、今日最後のバスに乗り遅れかねないぞ」

「そっか。バスの本数、滅茶苦茶少ないんでしたっけ。また二度乗り継がないと、京都駅まで戻れないし。うー、結局、スケッチする時間は取れなかったですね」

敏生は残念そうに、スケッチブックの入ったバッグを見下ろす。森は慰めるように、そんな敏生の肩をポンと叩いた。

「残念だが、仕方がないな。だが、いつか必ず、気候のいいときにまた来よう。そのときこそ、存分に絵を描くといい」

「そうですね。バーナビーさんに会えなかったのは残念ですけど、精霊たちが知る限り、ここでトマスさんは『悪いこと』はしてないんだし……それを信じるなら、バーナビーさんは無事なままでここを去ったってことですもんね」

「ああ。本当に帰国したか否かは調べる必要があるが、最悪の場合、ここで彼の死体を見るかもしれないと覚悟していたから、正直、少し安心したよ。では、行こうか」

「はいっ。絵を描く暇はなくても、バス停までの道を歩くだけで、身体の中の空気が綺麗になる感じです。ちょっとしたハイキングみたいですよね」

ともすれば沈みがちになる森の気持ちを引き立てるように、敏生は明るい口調でそう言うと、もと来た道を引き返し始める。

(本当に……美しいところだ。ここを離れるのは、さぞつらかっただろうな)

まだ見ぬ人ではあるが、自分のせいで安住の地を去ることになってしまったクレイグ・バーナビーの胸中を思うと、森は申し訳なさにいたたまれなくなる。

(それでも、知己でも何でもない俺のために、心を尽くしてくださったこと、感謝します。いつか、父とのことに決着がついたら……そのときこそ、胸を張ってあなたに会いに

行きます。そのときあなたが、たとえ世界中のどこにいようと）

　空き家を見つめ、ほんの三日前までそこにいた人のことを考えながら、森は心の中で静かな誓いを立てる。

「天本さーん！　早くしないと、ホントにバスに遅れちゃいますよう――！」

　そんな森の背中から、敏生の元気な声が聞こえた。

「ああ、今行く」

　そう返事をしつつ、森は、目の前の家にまだ残されているように感じられるバーナビーの魂に向かって、深々と頭を下げた……。


　どうにか間に合ったバスは、行きと同じくガラガラだった。

　いちばん後ろのシートに陣取った森と敏生の他には、いちばん前の席に座る地元の人らしき老婦人の姿しかない。

「ねえ、天本さん」

　敏生が思いきりおねだり視線を向けてくるので、森は苦笑いで頷いた。

「ああ、そろそろいいぞ。ただし、ゆっくり見るのは家に帰ってからにしろよ？」

「はいっ」

　敏生はいい返事をして、森から風呂敷包みを受け取り、自分の膝《ひざ》に乗せた。決して乱暴ではないが慌ただしく、固い結び目を解いていく。

「！」

藤色の風呂敷の中から現れたものを見て、敏生は息を呑《の》んだ。森も、形のいい眉を軽くひそめる。

「それは……」

「わあっ、絵だ！」

絵画が大好きな敏生は、弾んだ声を上げた。

それは、簡素な木枠に収められた油絵だった。キャンバス自体のサイズは、ＤＶＤのケースより少し大きい程度だろうか。小品ではあるが、描かれているものがあまりにも風変わりで、目を奪われる。

それは、蠟燭《ろうそく》の絵だった。

木製の机、あるいは棚に置かれた短い蠟燭に点《とも》された炎が、やけに長く揺らめきながら天井に向かって伸びている。そしてその弱々しい光が、少し赤茶けた色で描かれた壁面もしくは闇をほんのり照らしている……そんなシンプル極まりない絵だ。

「これは……いったい何だ？」

意表を突かれ、森は思わず呟《つぶや》きを漏らした。

筆遣いは繊細だが、かといって写真のようだというわけではない。細やかに描かれたと

ころもあれば、敢《あ》えて大胆に筆を置いた箇所もある。かなり無造作に描かれた蠟燭とは対称的に、炎には執念を感じる詳細さがあった。

芯《しん》に近いところの青みがかった色調に始まり、蛇のようにゆるやかに、大きくうねりながら、次第にオレンジ色から赤に転じ、細くなっていく炎の姿が、驚くほどリアルに描かれている。

また、蠟燭が受け皿の上に落とす小さな影、そして受け皿が机の上に落とす大きな影が、大きさの違う円盤をいくつも重ねたような、不思議なコントラストを形作っていた。

絵のどこを見ても、作者のサインらしきものは見あたらない。

「これは……バーナビーがみずから描いたものなんだろうか」

困惑気味な森の言葉に、敏生はきっぱりとかぶりを振った。

「違います。これ、野十郎《やじゅうろう》の絵ですよ！」

興奮して大きな声を出した敏生を、自分の唇に人差し指を当てて窘《たしな》めた森は、奇妙な絵と敏生の軽く紅潮した頰《ほお》を見比べて訊《たず》ねた。

「野十郎？　聞いたことのない画家の名だな」

「高島《たかしま》野十郎。三十年くらい前に亡くなった画家です。長い間忘れられてたんですけど、つい最近、再評価され始めて、今、けっこう人気があるんですよ」

「……ほう。さすがに絵画関係では、君の知識には敵わないな」

感心した様子の森に、敏生はちょっと照れて首を振った。

「僕も、そんなに詳しいことを知ってるわけじゃないです。でも、この人の絵、好きなんです。たぶん、この蠟燭の絵がいちばん有名なんじゃないかな」

森は意外そうに片眉を上げた。

「そうなのか？　だが、果たしてこれが真筆かどうか。サインも入っていないようだし」

敏生もその疑問には小首を傾げる。

「僕は鑑定士じゃないですから、それはわかりませんけど……。ただ、この人は、同じような蠟燭の絵をたくさん描いたそうです。だからサインが入っていないものがあっても不思議じゃないですね。それに、こうした小品にはサインをいちいち入れないことも多いですし」

「ふむ……。個人が所有できるような絵なのかい？」

「流通している作品の数が凄く少ないそうで、今は気軽に買える値段じゃないと思います。だけど、つい最近まで埋もれていた人ですから……その頃に目をつけていれば、本物を安く買えた可能性だって十分にありますよ」

森は興味深げに唸《うな》った。

「なるほど。美山に古民家を借りて住むような数奇者だ。バーナビーが、日本の美術品に通じていても不思議はないな。それに古来、日本の優れた美術工芸品を真っ先に評価するのは欧米人と相場が決まっている」

「あはは。悔しいけど、確かに。……それにしてもこの絵の炎には、凄い気迫を感じます。野十郎の絵かどうかは判断できなくても、凄い想いを込めて描いた絵だな……」

魂を奪われたように絵に見入る敏生に、森も静かに頷いた。

「同感だ。しかし、何故そんな絵を俺に？　額の裏側に、何かないか？」

「ええっと……」

敏生は両手で注意深く額を裏返した。しかし、裏面の黄ばんだ紙には何も書かれていない。敏生は、小さな失望の溜め息《たいき》をついた。

「メッセージらしきものは何もないですね。ああでも、額から絵を外してみたら、何か見つかるかもしれませんよ。揺れるバスの中でそんな無茶はできませんけど」

「もちろんだ。それに、もうじきバスの乗り換えだろうしな。この絵を子細に調べるのは、静かな環境に落ち着いてからにしよう。今は元どおり、しっかり包んでおけ」

「ええ。……それにしても、素敵な絵だなあ……」

敏生は鳶色《とびいろ》の瞳《ひとみ》をうっとりと細め、宝物を扱うように、解いたときの百倍丁寧な手つきで絵を風呂敷に包み、端を確実に結ぶ。自分の膝の上から絵を動かさない敏生から、敢えてそれを取り返そうとはせず、森は「ところで」と窓の外に目をやった。

まだ日暮れまでには間があるが、山里には確実に夕闇が迫りつつある。

「順調に行けば、最終の新幹線には余裕で乗れる時間に京都駅に着けるだろうが……せっかくここまで来て、とんぼ返りというのも味気ないとは思わないか？」

切れ長の鋭い目に悪戯《いたずら》っぽい光を過《よぎ》らせてそんなことを言う森に、敏生は顔を輝かせた。

「京都に泊まりですかっ？　やった！　あ、でも」

「でも？　何か予定でもあるのかい？」

「いいえ、バーナビーさんのことでもっと話が長引いちゃいけないと思って、向こう一週間の予定は全部キャンセルして来ました。だから大丈夫なんですけど……僕、どうせなら龍村《たつむら》先生に会いたいなと思って。京都から神戸《こうべ》はちょっと遠いですけど」

「多少時間はかかるが、ＪＲを使えば一本だ。俺も同じことを考えていた」

「天本さんも？」

「ああ。龍村さんには、いつもうちに来てもらうばかりだからな。たまには、こちらから会いに出向かなくてはと常々思っていたんだ。ただ、神戸で夕食を一緒にするにはちょっと遅すぎるな。バスを降りたら、連絡してみよう。龍村さんの都合を聞いてから、京都と神戸、どちらで宿を探すか決めればいい」

敏生は少し心配そうに、けれど幼さの残る顔に期待を漲《みなぎ》らせて頷いた。

「そうですね。もしかしたら急に言われても無理かも。平日だし、龍村先生、いつもお仕事忙しいし。だけど、少しだけでも会えたらいいなあ」

「ああ。電話では時々話すが、やはりたまには直接会って、元気な顔を見たい」

「龍村先生の顔を見て声を聞くと、勝手に元気が出ちゃいますもんね」

「ああ。万に一つも『元気のない龍村さん』などありえないが、鬼の霍乱《かくらん》という言葉もあることだしな」

「天本さんってば、そんなこと言っちゃって」

肘《ひじ》で森の脇腹《わきばら》を軽く小突いて窘める敏生だが、その顔は笑ってしまっている。クレイグ・バーナビーとの面会がかなわなかった無念はひとまず忘れ、二人は、前のほうでこっくりこっくり舟を漕《こ》いでいる老婦人の邪魔をしないよう、夕焼けの色に染まり始めた山の端に視線を向けた。


そして、二台目のバスの到着を待つ十数分のあいだに、森は携帯電話を取り出し、龍村の携帯電話にメールを打ってみた。

森の高校時代からの親友龍村泰彦《やすひこ》は、医科大学卒業後、法医学の道に進み、今は兵庫県の常勤監察医を務めている。

行政検案及び解剖が主な業務だけに、その日に運び込まれた遺体の数によって、勤務時間はかなり流動的になる。龍村曰《いわ》く、「暇な日は、一日じゅう書類の整理ができる」らしいが、逆に忙しい日は、危うく日付が変わりそうな頃まで職場にいたりするようだ。仕事の邪魔にならないようにと気を遣ってメールにした森だが、送信して一分も経《た》たないうちに、森の携帯電話の液晶が、龍村からの着信を知らせた。

バス停のベンチに並んで座る敏生に目で龍村だと合図して、森は通話ボタンを押した。敏生は森にピタリと寄り添い、携帯電話に耳を近づける。こと龍村に関しては、人並み外れて声が大きく、またよく響くので、それだけで十分に聞き取れるのだ。

「もしもし、龍村さん？」

森の呼びかけに、二人が聞き慣れた龍村の野太い、しかし朗々とした声が応《こた》えた。

『おう、久しぶりだな、天本。お前が僕の携帯にメールを寄越すとは珍しい。おまけに、そこそこ近くにいるが、都合はどうだ……ってなあ、どうにも要領を得ない文面だな。いったい今、どこにいるんだ？　ひとりか？』

「いや、敏生と一緒だ。あんたといつ連絡がつくかわからなかったから、敢えて現在地をメールに書くことはしなかったんだ」

『あ？　ってこたぁ、今、移動中か？』

「ああ。美山から京都駅に向けて移動している最中なんだが、バス待ちで、若干停滞気味だな」

森の簡潔な説明に、受話器の向こうで龍村は豪快に笑った。

『わははは、なるほど。お前にしてはいい加減な表現だと思ったが、実際は、正確を期そうとしてそうなっちまったというわけか』

敏生は二人の会話に耳をそばだてながら、丸い頬にえくぼを刻む。それを横目で見ながら、森は苦笑いで相づちを打った。

「携帯でメールを打つのは苦手でね。無愛想になってしまったのは申し訳ない。それにしても、こんな時刻に珍しく暇なんだな」

『ああ、ここしばらく、監察医務室での仕事を少し減らして、非常勤の先生方に助けてもらっている。古巣のK大法医学教室に戻っている日が多いんだ。今日もそうでな』

豪放磊落《ごうほうらいらく》な龍村の声に潜むわずかな苦さを感じて、森は眉根を寄せる。

「K大といえば、あんたの母校だったな。それにしても、あんたが監察医の仕事をセーブするとは珍しい。まさか、体調でも悪いのか？」

だが龍村は、そんな懸念を即座に打ち消した。

『いや、僕はすこぶる元気だ。ただ、教授が白内障の手術のために入院中だ。命に別状がないとはいえ、両目を一気に手術したから、解剖は当分無理だろう。で、僕がしばらく助っ人として出戻りすることになったんだ』

「そういうことか。法医学は人手不足だというものな。それは大変だ」

『いや、行政解剖が司法解剖に変わるだけで、基本的にやることは変わらんよ。こっちにいれば、空き時間は今みたいに論文用の実験もできるしな』

明快な龍村の説明に、森は愁眉《しゅうび》を開いて問いかけた。

「やれやれ。人のことは言えないが、あんたも暇という言葉には無縁だな。で、今夜か明日、俺と敏生のために割ける時間はあるか？」

するとと龍村は、ほんの数秒考えてから答えた。

『そうだな。今夜なら、何時頃神戸に来られる？』

森は腕時計を見下ろし、携帯電話を耳に当てたままで首を傾げる。それに合わせて敏生も頭を動かすのがやけに面白いのだが、残念ながら見ている人は誰もいない。

「京都駅に到着するのがすでに八時頃だ。駅の近くで食事を済ませて行くから、やはり十時は過ぎてしまうだろうな。明日はあんたは仕事だろう？　俺たちは別に、もう一泊して明日の夜でも構わないが」

敏生も少し心配そうに、ただでさえ大きな目を見開いて龍村の返事を待つ。

『泊まるところは？　もう決めてあるのか？』

「いや、あんたの返事次第でどこに泊まるか決めようと思っていた」

『なんだ、だったらうちに来いよ。飯を食って、京都からこっちに来るまでに、いい感じで腹もこなれるだろう。うちで一杯やって、そのまま寝りゃいい』

「やった！　龍村先生んちにお泊まり！」

何度か滞在してすっかり馴染《なじ》みの場所なので、ホテルより気安いのだろう。敏生は嬉《うれ》しそうに手を打つ。

「それはありがたいが、いいのか？　寝るのが遅くなってしまうだろうに」

一応遠慮する森に、龍村はいつもの彼らしく豪快に笑った。

『わはは、どうせ僕は宵《よい》っ張りだ。それに明日もK大だし、今のところ、朝イチの解剖も入っていない。お前たちに遠慮などないんだから、無理なら無理とハッキリ言うさ。気にしないで来いよ。気張らない程度に、迎撃態勢を整えて待ってる』

「ありがとう。では、お言葉に甘えてそうさせてもらうよ」

『おう、そうしろ。慌てて来なくていいからな。ゆっくり飯を食ってこい。……それにしても、驚いた。ちょうど実験の待ち時間に、窓の外を眺めてお前と琴平《ことひら》君のことを考えていたところだったんだ。それを第六感でキャッチして連絡してきたんじゃあるまいかと、多少肝が冷えたぞ』

思わぬ言葉に、森と敏生は顔を見合わせる。

「俺たちのことを？　正面切ってそんなことを言われると、薄気味悪いな。いったいどうした？　何かあったのか？」

訝《いぶか》しむ森に、龍村は少し言いにくそうに弁解する。

『いや、別に大したことじゃないんだがな。ここにお前たちがいてくれれば、少しはわかることがあるんじゃないかと……』

「わかること？」

『あ、いや、何でもない。忘れてくれ。とにかくだ！　せいぜい京都で旨《うま》いものを食って来いよ。じゃあな！』

プツッと半ば一方的に通話を終了され、森は怪訝《けげん》そうな顔のまま、携帯電話を耳から離した。敏生も、キョトンとして森に問いかけた。

「龍村先生、何だか変でしたね。いつもの先生らしくないっていうか、ちょっと元気なかったかも」

森も、携帯電話を上着のポケットに戻しながら、敏生の印象に同意する。

「ああ。龍村さんにしては、言葉の歯切れが悪かった。それに、最後に妙なことを言っていたな。『ここにお前たちがいてくれれば、少しはわかることがあるんじゃないか』とは……いかにも奇妙だ」

「ええ。『ここ』って、K大の法医学教室のことですよね？　そんなところに僕らがいたって……」

「専門家の龍村さん以上に、わかることなどあるまいにな。まあいい。そのあたりは、会ってから問《と》い質《ただ》すとしよう。バスが来たようだ」

「あっ、ホントだ。やっと来た！」

森の視線の先から、サイドに緑色の線が入った白いバスが近づいてくるのが見える。敏生は勢いよく立ち上がった。くだんの風呂敷包みを、両腕でしっかりと胸に抱いている。高島野十郎の真筆であるかどうかは関係なく、あの蠟燭の絵が心底気に入ったらしい。

子供のように絵を抱え込む敏生を微笑ましく見やり、森は自分も彼の隣に立った。

「そうやって両手が塞《ふさ》がっていると、転んだときに危ないから気をつけろよ。それから、京都駅に着くまでに、何が食べたいかよく考えておけ。どうせ、ガイドブックを持参しているんだろう？」

「もっちろんです！　っていうか、天本さんは何が食べたいですか？」

「……俺の食べたいものは、君の食べたいもの……ということにしておくよ」

豆腐と、生麩《なまふ》と、京風の煮物と……と早くも食べたいものをリストアップし始めた敏生に、森は呆《あき》れ顔でそう言った……。


そして、その夜。

予告どおり午後十時を過ぎてようやく龍村家に到着した森と敏生は、龍村のはからいでまずは入浴することになった。

先に風呂《ふろ》から上がり、敏生と交替した森がキッチンに顔を出すと、龍村はオーブンの前にしゃがみ込んでいた。大柄な彼だけに、茶色のジャージを着てそんな格好をしていると、まるで巨大ないなり寿司のようだ……とは、かつての敏生の言である。

それを思い出して若干変な顔になりつつも、龍村がオーブンの中を覗《のぞ》き込んでいるらしいことに気付き、森は不思議そうに問いかけた。

「いいお湯だった。ありがとう。……ときに、何をしているんだ？　プラバンでも焼いているのか？」

「……懐かしい遊びを執念深く覚えている奴だな。お前みたいな奴でも、小学生時代にやったのか？　あのプラスチック板に油性ペンで絵を描いて、トースターで焼いたら小さく縮むってやつだろ？」

「ああ。俺自身はやったことがないが、クラスの女子が、アニメや漫画のキャラクターを描いたプラバンを焼いて、一時期配り回っていた。俺も、いくつかもらった覚えがある。何に使うかわからず、結局机の引き出しに放り込んだままだったが」

しれっと答える森に、龍村は呆れ顔で肩をそびやかした。

「何だそりゃ。大昔のモテ自慢か。というより、この年になって、いまだにそんな遊びをしていたら不気味だろうが。どうして、普通に料理をしているという発想にたどり着かんのだ、お前は」

森は腕組みして壁にもたれかかり、ちょっと皮肉っぽい顔つきで片眉を上げた。

「あんたが料理？　それこそ青天の霹靂《へきれき》だな」

「お前の家にいて手料理を食い続けてる間、妙に体調が良くてな。やはりたまには自炊をしなくてはならんかと、最近は少し努力してるんだぜ。特に、酒の肴《さかな》くらいはな」

そう言うと、龍村は右手にオーブンミトンをはめ、オーブンを開けた。

取り出してコンロの五徳の上にのせたトレイの上には、丸くて平べったいものがズラリと並んでいる。森は初めて興味を惹《ひ》かれ、壁から背中を浮かせた。

「それは?」

「山芋をスライスしただけのものだ。これにコショウをかけて……」

説明しながら、龍村は軽く焼き色のついた山芋のスライスに、粗挽《あらび》きコショウをたっぷり振りかけた。そんな調味料をここで見るのは初めてだと、森は心の中で目を見張る。

「で、ゴルゴンゾーラチーズを崩しながら適当に振りかけて、食べる直前にもう一度オーブンに戻して焼く。山芋の上でとろけたチーズも旨いが、流れ落ちてアルミホイルの上でパリパリになった部分もなかなかいけるんだぜ。お前の凝った料理に比べりゃずいぶんと簡単だが、ヘルシーなつまみだろ?」

「確かに。……それはそうと」

森は夕方、龍村が言っていた不可解な発言について問い質《ただ》そうとした。だが、タイミングを読んだのかはたまた偶然か、龍村はタマネギの皮を剝《む》きながら先に問いを発した。

「それはそうと言えば、お前と琴平君、いったい何だって京都に行ったんだ? しかも美

山なんて。観光か？」

（やれやれ。先手を打たれてしまったな。まあいいか。龍村さんに話を聞くのは、敏生が一緒のときのほうがいい）

そう考えた森は、肩を竦《すく》めてみせた。

「そうでもあり、そうでもなし」

「あ？　何だそりゃ」

龍村は太い眉をひそめる。森は、そんな龍村に歩み寄り、ごつい手に握られたタマネギを奪い取った。

「タマネギは、下手な奴が切ると目に沁《し》みて痛いぞ。俺がやろう。何を作るんだ？」

「とりあえずは、さらしタマネギを」

「了解」

森は手際よくタマネギの皮を剝き、包丁の切れ味を確かめて顰《しか》めっ面になった。そんな森にまだ新品に近いスライサーを差し出し、龍村は重ねて訊《たず》ねた。

「で？　美山で何をしていたって？」

「ああ、それなんだが……」

森は、クレイグ・バーナビーとトマスの関係、彼との手紙のやりとりのこと、そして面会を断られたが美山に赴いてみたものの、バーナビーはすでに去っており、彼らが得たものは一枚の油絵だけであることを龍村に語った。

その間にも森の手は止まることなく、話が終わる頃には、さらしタマネギとゆでた豆モヤシで作ったナムルに、オクラと刻《きざ》み葱《ねぎ》を合わせた変わり冷や奴、それに野菜スティックと胡麻味噌《ごまみそ》ソースまでが出来上がっていた。

「なるほどな。そんな経緯があったのか……。というか、今夜は僕がもてなすつもりだったんだが、大半はお前に作らせちまったな」

途中からは聞き役に専念していた龍村は、苦笑いでそう言った。森は口の端で笑って冷蔵庫を指さす。

「それが可能だったのも、いまだかつてなくその冷蔵庫に食材が詰まっていたからだ。だいたい普段、何を肴に飲んでいるのか想像がついた」

「やれやれ、主夫にはかなわんな」

「……勝手に妙な肩書を付加してくれるな」

龍村のからかいに森が文句を言ったとき、リビングの扉が開く音がした。ペタペタとスリッパの足音を鳴らして、風呂上がりの敏生が顔を出す。龍村家を「神戸の実家」と言うだけあって、衣類も置きっぱなしにしているらしい。サイズぴったりのパジャマを着込んだ敏生は、くんくんと鼻をうごめかせた。

「わー、何だかいい匂い。晩ごはん、お腹《なか》いっぱい食べたのに、お風呂に入ったら胃袋にお夜食スペースができちゃいました。おつまみ、美味《おい》しそう。盛りつけますね」

食に関することについては恐ろしく手際のいい敏生は、勝手知ったる何とやらと言わんばかりに食器棚を開け、適当に大皿や小鉢を取り出す。

「晩飯は何を食ったんだって？」

おかしそうに龍村に問われ、敏生はニコニコ顔で答えた。

「豆腐料理です。面白かったですよ、豆腐のいろんな料理が出て来て。湯葉とかも自分ですくわせてくれて。僕は破っちゃったんですけど、天本さん、滅茶苦茶上手《うま》いんですよ。しかも、手術中の外科医みたいに真剣な顔で、こう、長い棒持って……」

「はは、想像がつくな！　しかし、豆腐じゃ腹が減るのも道理だ。ボリュームのあるつまみも用意しておいてよかったよ」

自分のメニュー選択に満足げに頷いた龍村は、無骨な手でゴルゴンゾーラチーズを砕《くだ》いて山芋のスライスに載せ、トレイを再びオーブンに戻したのだった。


そんなわけで、三人はリビングのローテーブルに肴の皿を並べ、再会を祝して、龍村特製のカクテルで乾杯することにした。龍村は、自分の前にはお決まりのジントニックのグラスを置いた。

「天本も琴平君も、よく来てくれたな。いつも、テレビを相手にひとり飲みだから、連れがいるのは嬉しいよ。で、歓迎の意を表するべく、少し面白いカクテルを作ってみたんだ。甘党の天本にぴったりなレシピを仕入れたんでな。琴平君には、それのノンアルコールバージョンを」

そんなことを言いながら、龍村は森の前にはカクテルグラスを、敏生の前にはトールグラスを置いた。森はグラスを持ち上げ、用心深く中身を観察した。

グラスの縁には、マルガリータを供するときにするように粒状のものがつけてあるが、それは褐色と白の粒で、塩ではなさそうだ。中の液体は、濃い褐色だった。

「甘い香りがするな。……縁についているのは、シナモンシュガーか？」

龍村はニヤリと笑って頷く。

「ご明察。まあ、とにかく乾杯といこうぜ」

龍村に促され、森は微妙な顔つきのままグラスを掲げた。

「……では。とりあえず、お招きいただきありがとう。乾杯」

「ありがとうございますっ」

ごく軽くグラスを合わせたあとも、森はすぐにカクテルを呑《の》もうとしない。そんな森に、龍村はニヤニヤと意地悪《あや》な笑みで言った。

「さあ、そうあからさまに怪しまずに飲んでみろよ。僕が作ったんだ、悪くはないはずだぜ？」

「心底、そう願うよ」

　思いきり胡散臭そうな視線を龍村に送りつつも、森はグラスに口を付け……そして、薬品を分析する科学者のような顔つきで唸《うな》った。

「ふむ。悪くない。……というか、激烈に甘いが、確かに旨い。だが、こんなカクテルは飲んだことがないぞ。いったい何だ？」

「何だと思う？　当ててみろよ、作家先生」

　森はもう一口飲んでから、考え考え口を開いた。

「とりあえず、明らかなのはコーヒーの味だな。あとは……シナモン？　ベースはジン……いや、コーヒーのせいでわかりにくくなっているが、香りが違うな。ウォッカか。とにかく、やたらスパイスの効いたコーヒーの味がするんだが」

　龍村はニヤリと笑って頷いた。

「うん、いい線いってるな。ベースはウォッカで、そこにエスプレッソと、面白いシロップを足してシェイクしてある」

「面白いシロップ？」

　龍村は席を立つと、淡い褐色の液体が入ったガラス瓶を持って戻ってきた。受け取ってラベルを見た森は、軽く眉をひそめる。

「ジンジャーブレッド・シロップ？　こんなもの、初めて見たな。ジンジャーブレッドというのは、あの焼き菓子の？」

「そうそう。面白いだろ？　バーテンダーをやっている知り合いが、イギリス土産に買ってきてくれたんだ。他にもキーウィだのバラだの、妙なシロップをもらったんだが、ジンジャーブレッドがいちばん奇抜なんでな。使ってみた。琴平君のは、同じシロップとエスプレッソを牛乳で割ったんだ」

敏生は自分のグラスに口を付け、目を丸くした。

「何だか、スパイシーなコーヒー牛乳って感じ。ホイップクリームを浮かべたら、スタバで売ってそうな味ですね」

「ははは。そりゃ売り物レベルだと褒めてもらっていると解釈していいのかな」

「はい。美味しいです」

そう答えながら、敏生は傍らの森をチラと見た。言葉にしなくても、敏生が言いたいことは明らかだ。

夕方の電話ではどこか様子がおかしいと思われた龍村だが、今、こうして共に過ごしてみると、いつもの彼だ……敏生の鳶色の瞳は雄弁にそう語っていた。

（……確かに、今はこれといって不審なところはないな。しかし……単に考えすぎかもしれないが、わざと元気に振る舞っている感じがしないでもない）

自分も視線でそう答えてから、森は龍村に向き直って小さく咳払《せきばら》いした。

「ときに、龍村さん」

「うむ？　何だ、いきなり改まって」

森はグラスを置き、背筋を伸ばした。さすがに彼は置き寝間着などしていないので、龍村のジャージを借りた。ブカブカのジャージ姿で姿勢を正してもあまり意味はないのだが、そこは身に染みついた習慣というものだ。

「あんたは忘れろと言ったが、夕方の電話のことがどうにも気にかかる。俺だけじゃない。敏生もだ」

龍村は、少し困った様子で大きな口をへの字に曲げた。

「琴平君も聞いていたのか。参ったな。……いや、あれは本当に何でもな……」

「何でもなくないんだろう？　あれからバスの中で、敏生が夕食の選択に頭を悩ませている間、俺はずっとそのことに思いを巡らせていたんだ」

「…………」

「普通に考えれば、法医学教室に俺と敏生が行っても、何の役にも立つまい。専門家はあんたで、俺たちじゃないからな。だが、俺たちがそこでできることがあるとすれば……霊障関係、もっとハッキリいえば幽霊くらいしかない。そういうことじゃないのか、龍村さん」

「あ、そっか。法医学教室っていえば、遺体がいっぱい出入りするんですもんね」

そこでようやくその可能性に思い至ったらしく、敏生は龍村より先に声を上げた。しばらく沈黙していた龍村は、深く嘆息して肩を落とした。そして、両手を腿の上に置くと、森と敏生に軽く頭を下げた。

「すまん。僕もまだまだ未熟だな。せっかく来てくれたお前たちに、そんなに心配をかけてしまうとは。……だが、ご明察だ」

それまでソファーに埋もれるほど深く座っていた敏生は、ビックリして龍村のほうに身を乗り出した。

「謝ったりしないでくださいよう。僕たち二人とも、龍村先生に命を助けていただいたことがあるのに。もし僕たちにできることだったら、何でもします。関西に来てたのも、何とかのお導きってやつかもしれませんし！　ね、天本さん」

森も敏生の真摯《しんし》な言葉に同意する。

「敏生の言うとおりだ。どれほど力になれるか現時点ではわからないが、俺たちの専門分野にまつわる悩みなんだろう？　隠すなんて水くさいぞ、龍村さん。正直に話してくれ」

二人の言葉に頭を上げた龍村は、参ったと言いたげに短い髪をばりばりと掻《か》き、夕方の電話と同じ、どこか歯切れの悪い口調で言った。

「僕は霊感が強いほうじゃないと思うんだが、何故《なぜ》か学生時代から、やたらと幽霊には絡まれる。お前はよく知ってるだろう、天本。それに、琴平君にも当時の事件については話したことがあるよな？」

「ああ」

「はい。蛤《はまぐり》の化石の話とか、喋る人形の話とかですよね？」

森と敏生が見事なまでに同じタイミング、同じ深さで頷くのを見ながら、龍村は言葉を継いだ。

「そうだ。今回も、あるいはそういうことなのかもしれない。先々週からK医大に戻るようになったのはいいが、それからというもの、頻繁に……その、いわゆる怪奇現象に見舞われているように思うんだ」

「怪奇現象？」

これまた完璧《かんぺき》に、森と敏生の声が重なる。龍村は、顔の左半分だけを歪《ゆが》めるようにして複雑な笑みを浮かべた。

「そうとしか言いようがない。最初は気のせいか思い込みだと思ったが、こう続くと確実だ……と、思う。そっち方面には素人だから断言はできないが、霊障の経験者ではあるからな」

森は、甘いカクテルを舐《な》めるように味わいながら、簡潔に問いかけた。

「具体的に、どんな目に遭って、何を見た？　場所は限局されているか？」

その質問をしばらく口の中で転がしてから、龍村は実直に答えた。

「おそらく、場所は解剖室と準備室……そのあたりだ。言うなれば、遺体を扱うセクションだな。人が入れない場所から手が出ているのを見てしまったり、術衣に着替えているとき、背後に誰かの気配を感じたり、不意に誰かに呼ばれたような気がしても、そこには誰もいなかったり、それから……あとは僕の周囲でばかり、やたら物が棚から落ちたり……わかってる。よくあるタイプの話だろう？」

森は感情の読めないポーカーフェイスで頷いた。

「まあな。あんたがその場所でそうした経験をするのは、初めてのことか？」

それまでどうにも自信なさげだった龍村は、このときとばかり大きく首を縦に振った。

「まったくの初めてだ。考えてもみてくれ。ただでさえ、病院ってのは幽霊話には事欠かない場所だ。そこへ持って来て、解剖室周辺といえば、琴平君が言うとおり、常に死体まみれだろう？　標本室の棚には、採取した組織標本がホルマリン漬けになってズラリと並んでる。……そんな場所に馴染みに馴染んだ僕だぜ？　幽霊の出現に怯《おび》えるなんて奴には、務まらない仕事だ。その僕が……」

「この二週間でそこそこ参ってしまう程度には、怪奇現象に悩まされ続けてきたということだな」

「うむ。これで、明らかに誰かに恨まれる覚えがあるなら話は別なんだが、今のところ、心当たりはこれといってない。しかし、教室の他の人間にはまったくそうしたことはないらしいから、ターゲットは僕だと考えるのが妥当だろう。かといって、命を脅かされるわけではなく、ただ微妙に薄気味悪い出来事が重なるばかりなんだ」

「……それってある意味、思い切ったことをされるより嫌な感じですよね」

「ああ。あらゆる意味でモヤモヤするよ。おかげで、解剖室に降りるたびに気が重くてな。いろいろ気になって、寝付きも悪い。とはいえ、職場の誰とも共有できない問題だけに、正直、お手上げ状態だった」

「ですよね……。ねえ、天本さん。明日……」

敏生は同情のこもった声でそう言い、森を見る。敏生が皆まで言う前に、森はあっさりと言った。

「どうも、話を聞いただけではピンと来ないな。明日、敏生と一緒にあんたの職場に同行して、現場が見たい。可能か?」

龍村は即座に頷く。

「ああ。もちろんだ。そうか、来てくれるか」

「現場を見て、現象を特定しない限り、俺たちに何ができるかわからないが……敏生と二人でベストを尽くすよ。約束する」

そう請け合った森に、龍村はようやく心からリラックスした様子で肩の力を抜き、相好を崩した。

「ありがとう。恩に着るよ。二人がそう言ってくれただけで、ずいぶんと心強くなった。今夜は久しぶりに、旨い酒を飲んでぐっすり眠れそうだ」

「……そこまで悩まずに、もっと早く打ち明けてくれるべきだったんだ」

「そうですよ！　龍村先生が僕らのために駆けつけてくださったみたいに、僕らも、龍村先生がピンチのときにはすっ飛んで行きますって！」

真顔で文句を言う森と敏生に、龍村は照れ笑いで「すまん」と謝り、ようやくいつもの豪快な笑い声をリビングに響かせたのだった……。

三章　誘《いざな》う指先

「……ああ。そういうことだ。連絡が遅くなってすまなかった」

その夜遅く、歯を磨いて寝支度を済ませた敏生《としき》が客間の扉を開くと、森《しん》はベッドに腰掛け、誰かと携帯電話で通話中だった。

一瞬入室を躊躇《ためら》った敏生だが、森が空いた手を軽く振って気にするなと合図してくれたので、足音を忍ばせて部屋に入り、森の隣に彼にしては最大限静かに腰を下ろした。

「悪いが頼む。急がないから、他の仕事の片手間でいい。ああ。ありがとう。その予定だ。また、見通しが立ったら連絡する。ではな」

いつの間にか、森の声音や言葉遣いから、話し相手をだいたい推測できるようになった敏生である。森が通話終了ボタンを押すなり、クイズ番組の解答者のような口調で訊《たず》ねた。

「相手は早川《はやかわ》さん！　正解ですか？」

森は片眉《かたまゆ》を上げ、意外そうに頷《うなず》く。

「そうだが、何故《なぜ》わかった？」

「雰囲気で何となく。バーナビーさんのことを報告してたんですね？」

　森は頷き、携帯電話をサイドテーブルに置いた。

「ああ。ついでに、彼が日本を去ってからどうしているかを調べてくれるよう頼んだ。無事でいてくれることを祈っているが……」

「きっと大丈夫ですよ」

「そう思うか？」

「はい。根拠はないんですけど……何となく」

「君がそう言ってくれると、俺《おれ》も何となく心強くなる」

　そう言って、森はふっと笑う。バーナビーとの面会が不首尾に終わったというのに森が笑っているのが嬉《うれ》しくて、敏生の丸い頬《ほお》にもくっきりしたえくぼが刻まれた。

「あ、そういえば、司野《しの》さんには？」

「早川より先に報告を入れた」

「何て言ってました？」

「そうか、と」

「それだけ⁉」

　森は苦笑いで頷いた。

「いろいろ世話になったと礼を言うために電話したんだが……『俺には関係ないことだ。いちいち報告の必要はない』と、通話を切られてしまったよ」

「あはは、司野さんらしい。でもそう言いながらも、きっと気にしてくれてましたよね」

「たぶんな。あいつも、千年以上生きてきたというわりに素直じゃない。……それで、バーナビーが俺たちに託したあの絵は？」

「龍村《たつむら》先生が、明日の夜、また取り出して見るまではきちんとしまっておいたほうがいいって、金庫に入れてくださいました。中の引き出しを全部放り出したら、何とか入るからって。あと、小一郎《こいちろう》が金庫の上に陣取って、見張ってくれてます」

「なるほど。それはいいアイデアだな」

「ええ。でも小一郎、ずーっと見張り続けてたら、疲れちゃいそうでちょっと心配。本人は、見張りくらい何でもないって言ってましたけど」

「羊人形も金庫の上に置いてあるんだろう？」

「はい、座らせてあります」

「なら大丈夫だ。必要ならば、他の式神に交替して、ねぐらで休息するだろう。見張り程度なら、ほんの数分の休憩で小一郎は回復できる」

ことなげに言ってのける森に、敏生は感心半分、呆《あき》れ半分の顔つきで頷いた。

「式神はタフだってわかってますけど、ホントに凄《すご》いなあ。僕なんて、毎日八時間は寝ないとフラフラですよ」

「君はむしろロングスリーパーの傾向があるな」

「よく寝る子のわりに、育ちませんでしたけどね。……あっ、そうだ。明日、どこかで時間を見て、書店に行ってもいいですか？　高島野《たかしまや》十郎《じゅうろう》の本を探したいんです。画集と、できたら彼の伝記っぽいものも。図書館で借りてもいいんですけど、どうせ欲しくなっちゃうと思うから、買おうかなと思ってて」

「ああ、もちろんいいよ。俺も大いに興味がある。君と一緒に勉強することにしよう。……ところで、龍村さんは？」

「ソファーで寝ちゃってたので、毛布を掛けてきました。ホントはちゃんとベッドで寝たほうがいいんでしょうけど、起こすのが可哀想《かわいそう》なくらいグッスリ寝てたから」

　心配そうに扉のほうを見やる敏生に、森は小さな溜《た》め息《いき》をついた。

「まあ、夜中に目が覚めたら、自分で寝室に行くだろう。それにしても……俺たちの前ではいつもの龍村さんらしく振る舞っていたし、悩み事についても大したことがないように言っていたが……」

「ずいぶん疲れてるみたいですよね。解剖室での怪奇現象、きっとすごくこたえてるんだろうなあ。僕らが、どうにかお役に立てることだといいんですけど」

　森は懐かしそうにきつい目を細める。

「そうだな。高校時代から、あの人は魔を引き寄せやすかった。見てくれや言動こそ、当時と違ってずいぶん剛胆になったが、中身の繊細さは相変わらずなんだろう」

「せ、繊細……」

龍村と森の高校時代のエピソードについては、二人にせがんで時々聞かせてもらっている敏生だが、森がよく言う「高校時代の龍村さんは、身体《からだ》こそ大きいが、気の小さい、引っ込み思案な人だった」という表現だけはいまだに信じられない。

「何だ?」

面白そうに片眉を上げる森に、敏生はぶんぶんとかぶりを振った。

「い、いいえ、何でも。それより、明日はきっと、早く出なくちゃなんでしょう? もう寝たほうがいいかも。僕は大丈夫ですけど、天本《あまもと》さんは朝が弱いんですから」

そう言って、敏生はベッドの右側に潜り込んだ。中央に二つ重ねて置かれていた枕《まくら》を、左右にぽんぽんと振り分けて置く。森も部屋の灯《あか》りを消し、ベッドの反対側に入った。

「何だか、家で天本さんのベッドに僕が潜り込むときみたいですね」

そう言って、枕に頭を預けた敏生は、森のほうに寝返りを打って、やけに楽しげにそんなことを言う。森は苦笑いで頷いた。

「同じセミダブルでも、このベッドのほうが若干広いがな。それに、もう慣れっこのシチュエーションとはいえ、他人の家で君とこんなふうに眠るのは、やけに新鮮というか、

妙な気分になりそうだ」

「妙って？」

ベッドサイドのライトに照らされた大きな瞳《ひとみ》には、そこはかとない期待の色がある。近づいてこようとする敏生の額を、森は指先でそっと押し戻した。

「こら、煽《あお》るな」

「だって……僕は、別にいいのに」

森の人差し指に額を押し当てたまま、敏生は唇を尖《とが》らせる。その不満げな顔に、森は真顔で謝った。

「すまん。身勝手だとわかってはいるんだ。だが……やはり、父とのことに決着がつくまでは、君にそういう意味で触れることはできない」

敏生は少し躊躇《ためら》ってから、思い切ったように言った。

「だいぶ前にもそう言いましたよね。天本さん、トマスさんを乗り越えないと、ホントの天本さんになれないって。今の天本さんには、僕を抱く資格なんてないって。あれから……ホントにいろいろあって、天本さん、ご両親についてのいろんなことを知って……でもやっぱり、気持ちは変わらないままなんですか？」

「…………」

森は少しビックリして、至近距離にある敏生の澄んだ瞳を見つめた。

以前、一度だけ敏生とこういう話をしたことがあるが、それ以来、敢《あ》えてその話を蒸し返されることはなかったので、森は彼が納得したものと思っていた。だが敏生の中では、それなりに引っかかることがあったらしい。

「それとも、もしかして、今はもう単に願掛けみたいなものなのかな……って思ったりもして。だから、気になって、つい。……ごめんなさい」

森は純粋に驚いただけだったのだが、敏生は、彼がショックを受けたと思ったのだろう。小さな声で謝った。森は、微笑してかぶりを振る。

「君が謝るようなことじゃない。謝るべきは、いつだって俺なんだ。だが、願掛けに君を利用するほど、俺は愚かじゃない。それは信じてくれ」

「じゃあ……？」

森の冷たい手が、額から敏生の頰に滑る。少し膨れっ面の温かな頰を包み込むように触れて、彼は訥々《とつとつ》とした口調で続けた。

「今の俺の素直な気持ちに百パーセントそぐう言葉を見つけるのは難しいが……そうだな。やはり、俺なりのけじめなんだと思う」

「けじめ……」

「父が普通でないことに、徐々に彼の狂気が激しくなっていくのに、俺は早くから気付いていた。もっと早く、父の暴走を止めるべきだったんだ。それなのに、霞波《かなみ》を失ったあのとき……俺は彼女の死からも、両親との因縁からも逃げ出した。何もかもに怯《おび》え、自分の殻に閉じこもって、いたずらに時を浪費した。そのせいで父は今の……化け物じみた、いや、まさに化け物そのものの存在になってしまった」

「でも、それは天本さんのせいじゃ……」

「すべてが俺の責任ではないかもしれない。だが、ある部分においては確実にそうだ。俺の心が弱く、あまりにも長く手を拱《こまね》いていたせいで、父は人の心をなくしてしまった。そして彼は伯父を殺し……俺の大切な人たちを傷つけた。手を下したのは父だが、それについても、俺は息子として責めを負うべきなんだ」

「そんな！」

「無理に自分を追い詰めようとしているわけじゃないよ。そんな顔をしなくていい。ただ……今の俺には、仲間がいて……誰よりも大切な君がいる。そのことが、俺に父の真実、そして自分の義務と向き合う勇気をくれた。今の俺には、無意味な気負いはない。自分ひとりで父に対抗できるなどという幻想はもう捨てたんだ」

「…………」

「大切な人たちが、俺に力を貸してくれる。俺と共に戦ってくれる。恥ずかしいことだが、つい最近まで、そのことにすら俺は怯えていた。これ以上、誰も失いたくない、誰も傷つけたくない、そう思っていた。だがそれは、自分が傷つくのが怖いだけだったんだ。

それに気付いたとき、俺は彼らを信じる強さを持とうと誓った。彼らの力を信じ……同時に、彼らを守り抜けるだけの力を持とうと、今はそう決意している」

「『彼ら』の中に、僕も入ってるんですよね？」

「もちろん。俺を誰よりも支えてくれているのは、君だよ」

瞬《まばた》きの時間すら惜しむように自分を見つめ、一生懸命に耳を傾けてくれる敏生の滑らかな頬を、森は親指の腹でそっと撫《な》でた。

森の言葉を黙って噛《か》みしめていた敏生は、小さく微笑《ほほえ》んだ。

「よかった。前と、ずいぶん気持ちが変わったんですね」

「変わった？」

「はい。前にこの話をしたときの天本さん、トマスさんとのことに向き合おう、強くなろうとしてたけど……でも、誰かを頼ろうとは思ってなかったです。でも今は、ひとりじゃないんだってホントにわかってるんだなって思って。何だか嬉《うれ》しい」

素朴だが心のこもった敏生の言葉に、森の頬がようやく緩む。

「自分ひとりではどうしても破れない壁に、何度もぶち当たったからな」

君を奪われ、河合《かわい》さんの心の闇《やみ》を知り……と呟《つぶや》くように言ってから、森はしみじみと敏生の顔を見て言った。

「いかに愚かな俺でも、いろいろ学んだださ。ようやく、強くなるという言葉の本当の意味を知ったんだ。どんなに努力しても、恐怖は打ち消せるものじゃない。それを受け入れ、弱い自分を認めてなお前へ進む力。たぶん、それが強さの本質なんだろう。……以前の俺は、父とのことにひとりで決着をつけて、それで初めて君を抱く資格ができる……そんなふうに言ったんじゃないか？」

言葉で肯定する代わりに、敏生は枕に片頬を埋めたままでもそもそと頷く。森は考えながら再び口を開いた。

「今は、そんな驕《おご》ったことは言えないよ。……俺は……どう言えばいいのかな」

適切な言葉を見つけられない森に代わって、敏生が囁《ささや》くような声で言った。

「僕は前みたく、天本さんがトマスさんとのことにケリをつけるまで待つばっかじゃなくていいってことでしょう？　ホントの意味での僕たちのスタートラインは、二人で決めていいって、そう思っていいんでしょう？」

「……驚いたな。君は、作家の俺より上手に言葉を見つけてくれる」

「天本さんは、大事なことほど口下手になるから」

敏生はクスクスと屈託のない笑顔を見せた。その表情にはもう、さっき微《かす》かに見えたわだかまりはなかった。森は透かすように、恋人の幼さの残る顔を覗《のぞ》き込む。

「君が言葉をまとめてくれたのに、こう訊《たず》ねるのは妙な話だが……理解してくれたかい？」

「はい」

敏生は頷き、それからちょっと考えて、こう付け加えた。

「じゃあ、僕も。さっきの、『僕は、別にいいのに』っていうの、撤回」

「……え？」

「いつの間にか、僕、待つ立場にすっかり慣れっこになっちゃってたんだなって気がつきました。天本さんとどこまでも一緒に頑張るって決めてたくせに、さっきのは、『まだですかあ？』って他人事っぽく訊いたみたいで、恥ずかしいです。だから忘れてください」

「……わかった」

森は頷き、敏生の頰から手を離した。その手で、敏生の鳥の巣頭をクシャクシャと撫でる。

「では、お互い納得したところで寝ようか。龍村さんが先に寝てしまったから、明日いったい何時に出勤する気なのかわからないのが恐ろしいところだが……」

「大丈夫、僕が叩《たた》き起こしますよ」

「……叩き起こしてくれなくても、キスの一つもしてくれればちゃんと起きるさ」

「それ、絶対嘘《うそ》だ」

「本当だ。それより、夜中に大の字になって、俺に攻撃を仕掛けないでくれよ。今夜はゆっくり眠りたい」

「……はあい」

これまで、夜中に森のベッドに潜り込んだとき、寝相の悪さで森に甚大なる被害を与えた前科がいくつもある敏生である。

眠った後の自分の行動には自信も責任も持てないので、最初から端っこに寄って寝るべくもぞもぞと移動しようとした敏生の頭の下に、森は手を差し入れた。そのまま、まるで絨毯《じゅうたん》でも巻くように、敏生の身体をぐるんと一回転させて引き寄せる。

「ちょ……せっかく僕が、暴れても大丈夫なエリアを確保する努力をしてるのに！」

不平を言う敏生の額にキスをして、森はフッと笑った。

「今度は君がベッドから落ちる音で起こされるのが関の山だ。いいから、自分が樹木になるイメージトレーニングでもして寝るんだな。きっと微動だにしなくなるぞ」

「ホントかなあ……」

「たぶんな。……おやすみ」

そう言って、森はあっさり目を閉じてしまう。

「……おやすみなさい」

いささか不本意ながらおやすみの挨拶《あいさつ》を返し、しかし敏生は、ベッドサイドの灯りを消したあとも、しばらく目を開いたままでいた。眠くないわけではなかったのだが、何となく眠る前にもうしばらく、すぐ近くにいる森を感じていたかったのだ。

じっとしていると、闇に目が慣れる前に、傍らから森の静かな寝息が聞こえ始める。

(天本さん、もう寝ちゃった。いつもは、僕のほうが先なのに)

闇の中にぼんやりと見え始めた森の横顔は、相変わらず空恐ろしいほど端整だ。イギリス人の血を引く彼の肌は陶磁器のように白いので、こうして暗がりで見ると、彼が大理石の彫像になってしまったのではないかと思ってしまう。

闇に浮かび上がる白い頬に触れてみたいという衝動を我慢しつつ、敏生は森の胸元にそっと額を押し当ててみた。条件反射のように、森の手が敏生の背中を抱く。緩やかに上下する胸と低い体温に安堵《あんど》して、敏生はようやく目を閉じた。

(天本さん……。きっと昨夜、バーナビーさんのことを心配して眠れなかったんだろうな。だからくたびれて、こんなに早く熟睡しちゃったんだ。やっぱりそういうとこ、何だかだ言ってもまだひとりでグルグルしちゃうんだよね……。だけど)

敏生の背中で、森の指先が彼の存在を確かめるように小さく動くのを感じて、敏生の顔にゆっくりと笑みが広がった。

(だけど、僕がここにいるから、安心して眠ってる。ちゃんと僕のこと、頼ってくれてるんですよね、天本さん)

ときに言葉より雄弁な森の指が、敏生の椎骨《ついこつ》の形を確かめるようになぞる。そのくすぐったさにじっと耐えているうち、いつしか敏生も安らかな眠りに落ちていった……。

＊　　　　＊

翌朝、やはり心身の疲労が蓄積しているのか、珍しく二日酔いの龍村は、森と敏生を伴い、午前九時前にK大学医学部法医学教室に出勤した。

万に一つもアルコールが残っているといけないので、ハンドルは寝起きで超絶機嫌の悪い森が握り、ひとり元気な敏生は、グッタリした大人二人を励ますのに大わらわだった。

教室に到着すると、他の教室員や秘書には、知り合いの作家とアシスタントが取材に来ていると簡単に紹介して、龍村はさっそく二人を解剖棟へと連れていくことにした。

基礎棟五階の法医学教室から一階に降りるエレベーターの中で、龍村は申し訳なさそうに頭を掻き、森と敏生に詫《わ》びた。

「すまんな。本当はセミナー室でコーヒーでも出してやりたいところなんだが、教授がいない今、うちの職場は女性ばかりなんだ。お前たちが長居しちゃ、奴《やつ》らが喜んで質問攻めにしそうだからな。速やかに遠ざかるに越したことはない」

まだ少し眠そうだが、昨夜グッスリ眠ったので顔色は悪くない森は、スーツのネクタイを片手で軽く緩めながら言った。

「別にいいさ。俺も、無関係な人物と話を楽しむ気分じゃない」

「コーヒーは龍村先生んちで頂きましたしね」

敏生はクスッと笑い、龍村は家からずっと持ち歩いているペットボトルの水を一口飲んだ。

「琴平君は、しっかり朝飯も食っていたものな。それにしても、今朝は解剖が入っていなくてよかった」

「でも、作家の取材なんて言い訳で、教室の人たちには疑われないんですか？」

少し心配そうな敏生に、龍村は笑って「大丈夫だ」と言った。

「以前もミステリー作家が取材に来て、解剖室を見学して大喜びで帰って行ったことがあったからな。写真撮影はご遠慮願ったんで、目を皿のようにしてあちこち見ていたよ」

「へえ……。あ、天本さんも、ちょっとはそういう意味で興味あります？」

思わぬ方向で話を振られ、森は微妙な表情で空とぼける。

「そう言われれば、興味がなくもないが……。しかし、別に本物の解剖室を見ていなくても、ミステリーは書けるよ」

「でも、ホントに見た人のほうが、リアルなものは書けそうですよね」

「見たままを書いたからといって、文章がリアルになるとは限らないさ」

「ふーん……？」

「絵だってそうだろう。写生が常にリアルなわけじゃない」

「あ、そっか。そう言われると、確かに」

作家と画家の卵の会話を龍村が面白そうに聞くうちに、三人は解剖棟へと到着した。龍村が、エントランスの鍵《かぎ》を開ける。

「今朝は解剖がないから、誰もいない。入り口の鍵を掛けて誰も入れないようにするから、好きに行動してくれ」

そう言いながらエントランスを中から施錠した龍村は、右手の解剖室、左手の準備室を順番に解錠する。

「さて、僕はどうすればいい？　どこから始める？」

龍村は両腕を広げ、いかにも彼らしい陽気な口調で訊ねる。それはいつもの彼のようで、どこか無理して強がっているのがわかる態度だった。

「…………」

「…………」

そう問われてもすぐには答えず、森も敏生も準備室と解剖室の間の通路で、どことなく困惑した顔つきで突っ立っている。仕方なく自分も黙って待っていた龍村だが、さすがに焦《じ》れて、「おい、天本」と彼にしては小さな声でリアクションを求めた。

「……ああ、済まない」

森はあからさまにやれやれという顔で首を振り、敏生の肩に手を置いた。森の顔を見上げた敏生も、どうにも複雑な表情を浮かべている。

「おい、何だよ?」

いつもの二人らしからぬ反応に、さすがの龍村も不安げに問いかける。先に答えたのは、敏生だった。

「ええっと……。いやー、さすが解剖する場所だなあ、と思って」

「と言うと?」

敏生は言いにくそうに両手をパーカのポケットに突っ込み、小さな肩をヒョイと竦《すく》めた。

「ここ、ずっと昔から解剖に使われてきたんですよね?」

「ああ。戦後すぐからずっとな。それが?」

「だからかあ。……ねえ、天本さん」

「……だな」

森も、ゲンナリした顔で虚空《こくう》を見ながら頷いた。龍村は大きな口をへの字にする。

「おいおい。二日酔いの僕を怯えさせないでくれよ。いったい何なんだ、二人して」

「あ……ごめんなさい。どう言っていいかわかんないんですけど、ここ、諸々片付いたら、いっぺん天本さんに祓《はら》ってもらったほうがいいかもです。いろいろ、澱《よど》んでます」

「い……いろいろ?」

四角い顔を引きつらせる龍村に、森も眉間《みけん》を指先で押さえて言葉を添える。

「龍村さん、昔、あんたは教えてくれたな。ここで解剖されるのは、不慮の死を迎えた人の中でも、犯罪の関与が疑われる人たちだと」

「おう。それが？」

森は、まるで常識でも語るような口ぶりで淡々と説明した。

「突然の死に見舞われた人というのは、往々にして自分が死んだことに気付かないまま肉体を失い、霊魂が迷ってしまう。死んでしばらくはいわゆる『幽霊』の状態だが、人の霊魂はいつまでも人格を保っていることはできない。早晩下等霊と化し、瘴気《しょうき》の澱みを作るんだ」

「……それが、ここにあるってのか？」

「ああ。おそらく……人間としての心を失った後も、何か執着を覚えるものがここにはあるんだろう」

龍村は少し考えて、「ああ」と呻《うめ》くように言った。

「そう言われれば、思い当たる。解剖が終わった後、遺体は荼毘《だび》に付されるが、必ず臓器のごく一部は組織サンプルとして採取し、ホルマリン漬けにして保存するんだ。死因が肉眼所見で断定できないときは組織標本を作ったり各種検査をする必要があるし、捜査の過程で、組織の追加検査を要求されることもよくあるんでな」

森は小さく肩を竦めた。

「なるほどな。この世に唯一遺された己の身体の一部……それがある場所に留《とど》まろうとするのは、自然な流れだ。それにしても、あんたは鈍いのか鋭いのかわからんな、龍村さん。霊感が鋭い人間なら、ここにいるだけで具合が悪くなるだろうに」

「……そういうもんか？　何となく、お前たちにそう言われると、急に具合が悪くなってきたような気がするが」

「それは二日酔いのせいだろう。しかし……特にあんたの周囲に何かがいるという感じはしないんだが」

「僕もです」

敏生はキョロキョロと辺りの気配を探り、首を傾《かし》げる。二人の様子に、龍村はがっくりと肩を落とした。

「そうか……。やはり僕の気のせいか、あるいはその、何だ？　下等霊の悪戯《いたずら》の餌食《えじき》にされてるってことか」

「いや、そう短絡的に決めてかかるのもよくない。俺たちがいるせいで、姿を隠している可能性もあるからな。とりあえず、あんたが怪奇現象を体験した場所を、一通り見てまわろう」

龍村は、少し安堵した様子で頷いた。

だろう。

「そ、そうか？　じゃあ、まずは解剖室から」

龍村は無骨な木の扉を開け、二人を解剖室に案内した。

「……うわー……。何か怖いなあ……」

敏生は正直な感想を口にして、両手で自分の二の腕をさする。おそらく鳥肌が立ったの

解剖室は、二重構造になっていた。狭い前室には、壁にズラリと手術着やゴム引きのエプロンが掛けられ、リノリウムの床には長靴が並べてある。

龍村がかつて、世間話の中で言っていたことを、敏生はぼんやり思い出した。

（龍村先生、教えてくれたっけ。『解剖をしているとよくわかるんだ。臭《にお》いってやつぁ、目に見えない粒だ。それが、髪でも服でも皮膚でも、どこにでもくっついて、風呂《ふろ》に入るまでしつっこく臭うんだよ』って。……あれ、ホントだったんだ）

エプロンや長靴は綺麗《きれい》に水洗いしてあるようだったが、本来なら使い捨ての手術着は、見たところ袖口《そでぐち》の綻《ほころ》びかけたものがちらほらあり、どうやら何度か使うことになっているらしい。そういう使用済みの手術着の前を通るとき、ぷんと嗅《か》ぎ慣れない……どこか生臭いような、独特の臭気が鼻を掠《かす》めた。

（これが……死体の臭い、なのかな）

そう思うと何やら恐ろしくて、敏生は思わず森に身を寄せた。自分もいくぶん居心地悪

そうにしながら、森は敏生の肩を抱いてやる。

一般人の二人が気圧《けお》されているのに気付かず、龍村は慣れた様子で突き当たりの扉を開けた。

「どうぞ。ここが我が城だ」

「…………」

森に促され、敏生はおずおずと解剖室に足を踏み入れた。いつも冷静沈着な森も、思わず吐息を漏らす。

意外に狭い部屋の中央にはステンレスの解剖台が置かれ、その足元にはやはりステンレスの深いシンクが据え付けられていた。

移動式のワゴンの上には、解剖に使われるらしき様々な器具が綺麗に並べられ、戸棚には脱脂綿や包帯、それにゴム手袋などが綺麗に収納されていた。

「……何だか……話では龍村先生からちょくちょく聞いてたけど、ホントに見ると……どうにも、怖い」

「怖い？　普段、霊だの妖魔《ようま》だのを相手にしている琴平君が？」

「それとこれとは別ですよう。何か……こう、ノコギリ的なものとか、刃物とか、リアルで怖いです」

「ははは、そういうもんか？　僕にとっては、これは仕事道具だからな。怖いも何もないんだが。例えるなら、君にとっての絵筆のようなものだぜ」

「うーん……」

そのたとえはちょっと頂けないと思いつつも、敏生はそれ以上会話を続ける気になれず、頼りなく視線を彷徨《さまよ》わせた。

前室で感じた死臭は、解剖室に入ってしまうと消えた。おそらく、解剖が終わるたびに徹底的に室内を清掃し、消毒しているのだろう。何もかもが清潔で、余計なものなど何一つない。その無機質な感じと空っぽの解剖台が、かえって解剖中の光景を想像させて、敏生を身震いさせた。

「……外に出ているかい？」

森は敏生を気遣ったが、敏生はかぶりを振った。

「大丈夫です。それより……入り口からしてああだったから、ここはもっと下等霊が澱んでるかと思ったんですけど、そうでもないですね」

森も、殺風景な室内を注意深く観察しながら頷く。

「そうだな。ここは人の出入りも多いし、日頃から清掃が行き届いてかえって清潔だ。塵《ちり》ひとつ残されていないだけに、かえって下等霊には居心地が悪いんだろう」

理路整然と解説した森は、腕組みして龍村に訊ねた。

「この部屋のどこで、何を見た？　そのときあんたは、どこで何をしていた？」

「むむ、そうだな」

龍村は、まずは解剖台に向かって立った。

「解剖中、ここに立っていて……ふと顔を上げたとき、目の前の壁から白い腕が伸びていた。……たぶん、若い女の腕……左腕だ。肘《ひじ》のすぐ上あたりから、何の脈絡もなく、こう、生えていた。ぶ厚い壁だ。穴なんぞ空いちゃいない。誰かの悪戯ではあり得ないが、確かにあれは人間の手で、壁から生えていて、しかも動いていた」

喋《しゃべ》りながら、龍村は前室との境にある壁のほうに移動し、そこに自分の右腕の肘を押し当てて、「壁から生えた手」を再現してみせる。

「その手は何を？」

「ゆっくりと……まるで僕を招くように、しなやかに指を動かしていた。……信じられないものを目の当たりにして、さすがの僕も固まったよ。だが、同じ室内にいる同僚や警察官は、誰もそれに気付かなかった。いや、僕があそこに手が、と言ったときには、もうそれは跡形もなく消えていた」

龍村は、そのときのことを思い出したのか、いくぶん顔色を悪くして力なく頭を振った。

「あと、前室で手術着を着ているとき、背後から肩を叩かれた。術衣越しでもわかるほど、冷たい手だった。……だが、振り返っても誰もいない。あとで思えば、あれもあの

『招く手』の仕業だったのかもしれんと思ってな」

「……ふむ」

「それから、ここで解剖をしていると、何故か時々誰かに呼ばれたような気がするんだ。最初は同僚や刑事に呼ばれたものと思って返事をしたら、皆、訝《いぶか》しげな顔をしてな。誰も僕を呼んじゃいなかった」

　敏生は、小首を傾《かし》げて龍村に問いかける。

「それって、『龍村先生』って呼ばれたんですか?」

「いや。そんなにハッキリした呼びかけじゃない。『ねえ』とか『来て』とか、そんな感じの不明瞭《ふめいりょう》な声だ。……まるで、強風の中で遠くから叫ぶ誰かの声を聞くような、そんな感じなんだ」

「……ふむ」

　龍村の話を聞き、しばらく考え込んでいた森は、もう解剖室の独特の雰囲気に慣れたのか、冷静に言った。

「霊感がそれなりにある人物なら誰でもいいから何かを訴えたい霊がいたのか、あるいはあんたがターゲットなのか……まだわからないな」

「おい、待ってくれよ。前者はともかく、後者はありえない。僕には、死者に恨まれるようないい加減な解剖をした記憶は誓ってないぞ」

「わかっている。しかし、生者の世界でも、謂《い》われなき恨みを買って迷惑することは多々あるだろう。死者の世でも同様だ。……龍村さん。その『女の腕』が壁のどこから生えていたか、正確にわかるか？」

龍村は即座に頷き、壁の特定の場所を指さした。

「ここだ。カレンダーのすぐ右横、ちょうど二週目の高さだった」

「敏生。……無理はしなくていいが、できるかい？」

「やってみます」

敏生は壁に歩み寄ると、深呼吸を繰り返し、気持ちを落ち着かせた。そして、龍村が指し示した壁の一点に、手のひらを押し当てる。

そのまま目を閉じ、軽く頭を垂れた敏生を見て、龍村は森に耳打ちした。

「おい、琴平君は何をやってるんだ？」

森は、敏生の集中を妨げないよう、ごく低い小声で囁き返した。

「何かの……あるいは、『誰か』の気配が残っていないか、探っている。残念だが、俺の能力は攻撃と防御に偏っている。探査は、敏生の得意分野なんだ」

「なるほど。何の世界でも、餅《もち》は餅屋ってわけだな」

龍村は妙に感心した様子で、小さく唸《うな》る。

やがて敏生は目を開き、壁から手を離して深い息を吐いた。タイミングを見計らって、森が声を掛ける。

「どうだった？　何かを感じ取れたか？」

敏生は二人のほうを振り返ると、ごく曖昧《あいまい》な頷き方をした。

「敏生？」

「凄《すご》く弱々しいけれど……確かに、女の人の気配が残っています。ただ、恨みじゃない」

まるで感じ取った女性の気持ちを代弁するように、敏生はどこかぼんやりした顔つきで、視線を虚空に彷徨わせながら答えた。

「恨みではない？　では、いったい君は何を感じた？」

穏やかに問いかける森の声が、敏生の気持ちを落ち着かせているらしい。敏生は幾度か首を傾げて考えてから、ぽつりと言った。

「お願い。見つけて。……そんな感じ？　もうずいぶん力が弱っているみたいで、正確にはわかんないんですけど……何となく、そんな想いを感じます。ごめんなさい。それだけしか」

「十分だ。……おいで」

森は敏生を差し招く。素直に歩み寄ってきた敏生の背中を、森は手のひらで軽く叩いてやった。死者の残留思念を探ろうと深く意識を沈めると、どうしても精神状態を回復させるのに時間がかかる。だが、長く中途半端な状態でいると、憑坐《よりまし》体質の敏生は霊の干渉を

受けやすくなってしまう。森は、霊力を帯びた手で刺激を与えることで、敏生の意識を速やかに正常に戻したのだった。

「……ふう」

敏生はようやく彼らしい笑顔になり、森と龍村の顔を見比べた。

「でも、よかった。龍村先生、恨まれてたわけじゃなかったですよ」

「う、うむ」

龍村はいくぶんホッとした顔つきになり、猛烈に力の入っていた肩を上下させた。

「それはありがたいが……君の見立てによると、その女の人は、僕に何かを見つけさせるべく、僕を差し招いたり、肩を叩いたり、呼びかけたりしていた……そういうわけかい？」

「……たぶん。ずいぶんと残留思念が弱かったことを考えれば、全身を先生に見せるほどの力がもう残っていなかったんだと思います。だから、腕一本だけ」

「ああ、なるほどな。そういうことなら、納得できる」

「だから、ええと……何ていうか」

「うむ？」

「えっと……。うう、天本さん」

敏生は妙に言いよどみ、何か言いたげに森の顔を見た。わかっていると言うように、森は敏生の頭をポンと叩き、龍村に言った。

「敏生の感じた女の残留思念は、極めて弱い。そして、不幸にも結果としてあんたを悩ませ、怯えさせることにはなったが、基本的に害意はないんだ。ただ、おそらくは法医学教室の関係者でいちばん霊感が強く、自分の気配を感じてくれたあんたに照準を定め、何かを見つけてほしいと訴えた。ただそれだけのことだ」

森と敏生の意図するところがわからず、龍村は腕組みして怪訝《けげん》そうな顔で頷く。

「要約してくれて、頭の整理がついた。ありがとうよ、天本。僕が恨まれたわけでも、何か悪いことをしたわけでもないと知って、ずいぶんと気が楽になった。それで？」

森は、学校の教師のような事務的な口調で、龍村に問いかけた。

「それを知った今、あんたがどうしたいかが問題だ」

「……ああ？」

「自分に非がないとわかった以上、謎《なぞ》の女の要求など知ったことか、俺には関係ない……とあんたが思うなら、それまでのことだ。しばらく女の呼びかけを無視し続けていれば、女は早晩下等霊と化して、あの澱みに溶けるか……あるいは消滅するだろう。そう確信できる程度に、女の思念は弱かった。そうだな、敏生」

敏生は、無言でこっくり頷き、独り言のような小さな声で呟いた。

「でも……何だかそれじゃ、可哀想」

「それは、君が彼女の残留思念を探るため、彼女の意識と同調したから……彼女に必要以上に同情してしまっているからにすぎないよ。放置していても、彼女の自我はほどなく消える。哀れむことはないさ」

「それは……そうです、けど」

慰めだか小言だかわからない森の言葉に、敏生はいかにも不承不承といった様子で同意する。そんな二人のやり取りを聞き、龍村は森の言わんとすることを理解した。

「なるほど。僕がどうしたいか、か。僕がもし、選ばれし者として『彼女』の望みを叶《かな》えてやりたいなら、とにかく急がなけりゃならん。でないと、彼女の意識が消えちまう。……だが、そこまでの親切心がないなら放っておけ。そういうことか」

「まさにそういうことだ」

森は頷き、ややシニカルな口調で、再び龍村に問いかけた。

「で、どうする？　高校時代の数々の霊がらみの事件を思い出せば、答えを聞くまでもない気がするが」

少し気持ちに余裕が戻ったのか、龍村はいつもの彼らしくニッと笑って答えた。

「だな。三つ子の魂百までってやつだ。僕がここで、せっかく自分をご指名してくれたレディを無下に捨て置くことなどできないと、お前は知っているものな」

「嫌になるほど。そのたびに、いちいち俺を巻き込んでくれるところも相変わらずというわけだ」

「それでこそ龍村先生です。よかったぁ」

森は苦笑いで頷き、敏生もホッとした顔つきで龍村に笑いかけた。

「お褒めにあずかり光栄だ。しかし、だな」

龍村は困り顔で解剖室を見回した。

「願いを叶えるといっても、具体的にどうすればいいんだ、天本よ。僕はこの手の事件にはやたら巻き込まれるといっても、所詮《しょせん》は素人だ。プロの指示が必要だぜ」

「簡単なことだ。『彼女』に会えばいい」

森はあっさりとそう言った。こういうときの森は、酷《ひど》く薄情な物言いをする。

「会えばいいってお前、そんな簡単に……」

「あんたがその気になったんだ。彼女は必ず、あんたにコンタクトしてくる。おそらく、あんたが怪奇現象に見舞われたこの部屋か、準備室。そのどこかに、彼女があんたに気付かせたい『何か』があるんだろう。まずは、彼女にそれを示してもらい、彼女の望みを叶えるために必要な物品を見つけることだ」

「わかった。それを手伝ってくれるんだろう?」

「それはできない」

「何っ?」

即答した森に、龍村は仁王の目を剝《む》く。気の毒だが、と前置きして、森は冷淡に言い放った。

「俺や敏生がいると、おそらく『彼女』は俺たちの霊気を警戒して姿を現すまい。今のようにな。彼女がすがりたいのは、あくまでもあんただ。あんたがひとりでこのあたりで待てば、彼女は必ず姿を現す」

「そ……そう、なのか?」

「ああ。恨まれているわけではないとわかったんだ。もう平気だろう? 死者の専門医のくせに、消えかけの幽霊ごときを恐れる意味がわからない」

「天本、お前なあ……。そういう、妙なところでデリカシーのない性格は、高校生の頃から少しも変わらんな」

「あんたに言われたくない」

(この二人……高校生の頃も、こんな感じだったんだろうなあ)

地味に罵《ののし》り合う森と龍村を見やり、敏生は解剖室の不気味さを忘れ、小さな笑い声を立てたのだった……。

それから一時間後。

「うう、くそ。いくら事情が少しわかってきたからといっても、怖いものは怖いんだぞ、

「天本め」

　龍村は、無人の解剖室で、書記のための椅子《いす》にどっかと腰掛け、落ち着かない視線を彷徨わせていた。

　あれから、龍村は解剖室にただひとり残されていた。

　幽霊の女が龍村に見せたい「もの」を見つけ出したら、そこからは手伝ってやれる。しかし、それまではできることがないので、書店に高島野十郎の資料を探しに行く……そう言い残して、森は敏生を連れ、あっさり大学を去ってしまったのだ。

　本当はせめて一日、心を落ち着かせる時間がほしかったが、自分の都合で森と敏生を神戸《こうべ》に引き留めておくわけにはいかない。それに何よりも明日、司法解剖が入らないとも限らない。

　善は急げだと自分に言い聞かせ、龍村は、根強い恐怖心と闘いながら、解剖室で無為に時間を過ごしていた。

「そうだ。僕は天本がさっき言ったとおり、『死者の専門医』だ。解剖によって死因を断定し、死者の人生に綺麗に幕を下ろしてあげるのが仕事だ」

　まだ法医学者になったばかりの頃、数少ない同業の仲間が口にした法医学者の責務を思い出し、龍村は独りごちた。

「もし、僕が解剖にかかわった死者の誰かが、死んでも死にきれないほどこだわっている何かがここにあるなら……僕にはそれを知る義務がある。誰かの人生の幕引きをしくじったかもしれないってことなんだもんな。確かに、びびってる場合じゃない」

声に出してそう言ってみると、いくぶん腹が据わる気がした。この二週間ほど、ずっと乱れっぱなしだった心が、ある程度落ち着きを取り戻しつつあるのを感じる。

だが、そう思った次の瞬間、龍村は派手な奇声を発していた。

「うひょわッ」

ふと何かが視界の端で動いた気がして顔を上げると、まさにさっき敏生が手のひらを当てていた壁から、くだんの白い腕がニュッと生えていたのだ。

何度か見たのと同じ、客観的に見れば美しいと言える細くて形のいい、女の左腕だ。

(で……で、出た……！)

龍村は、ヨロヨロと立ち上がった。怯えている場合ではないとわかっていても、やはり壁から腕が生えるという奇想天外な現象を再び目の当たりにすると、動揺せずにはいられない。

胸郭を突き破って心臓が飛び出してきそうな胸元を右手で押さえつつ、龍村はゆっくりと腕に近づいた。自分の気持ちを整理するためにも、声に出して「腕」に語りかける。

「二週間、君の意図に気付かなくて申し訳なかった。もし、君が消えてしまう前に、僕にできることがあるなら、教えてほしい。いったい、君は誰だ。僕に、何を知らせたい？」

無論、答えはない。幽霊の腕といえども、川端康成《かわばたやすなり》の短編のように、腕がペラペラ喋《しゃべ》ってくれたりはしないらしい。

だが、龍村の言葉に応じるように、細くて優しい指が、しなやかに動いて龍村を差し招いた。

「君が招くほうへ行けばいいのか？　つまり、まずは前室に？」

そうだと言いたげに、指は龍村を招き続ける。

「わかった。君の指示に従おう。目的の場所まで僕を導いてくれ」

まだ心の中に恐怖は渦巻いていたが、龍村は震えそうになる両脚に力を込め、解剖室を出た。狭苦しい前室の中を、油断なく見回す。

すると……。

「！」

今度は、エントランスに続く扉から、さっきと同じ女の、しかし手首から先だけがにゅっと出た。やはり女の手は「おいでおいで」をして、龍村を招いている。

「今度はエントランスか。わかった」

龍村は解剖室を出て、エントランスに出た。すると今度は、準備室の扉の小窓の向こうに、自分を招く手のシルエットが映る。

「……準備室だな」

そういえば、準備室で着替えている間にも、背後から視線を感じたことがあった。それも、あるいは「彼女」のメッセージだったのかもしれない。

準備室は、法医学教室の面々が、解剖前後の着替えに使う部屋だ。昔は実験室の一つだったらしく、今は使われていない大きなシンクが何台かあり、古ぼけた書棚には、何十年も前の解剖記録が保管されている。

「ここなのか?」

龍村は、半ばヤケクソの思いで大声を張り上げた。すると、「違う」と言いたげに、コンコン! と扉を叩く音がした。

「うむ? どこだ?」

コンコン! コンコン!

音の出所を求めて、龍村は無駄に広い準備室を歩き回った。すると……。

「そこか!」

準備室のいちばん奥にある、一枚の扉。そこから、規則正しいノックの音が聞こえている。

「標本室、か」

龍村は、ゴクリと生唾《なまつば》を飲んだ。そして、これまでは何の気なしに出入りしていた部屋に、酷く緊張しながら足を踏み入れる。

八畳ほどのその部屋には、スチールのラックが所狭しと並んでいる。ただひとつある窓は段ボールで塞《ふさ》がれて光が入らないようになっており、換気扇が大きな音を立てて回っている。換気をしていても、ホルマリンの臭気が目に沁《し》みた。

ラックの上に隙間《すきま》なく並べられているのは、円筒形の透明な密封容器である。容器の中に収められているのは、司法解剖の遺体から採取した組織標本のホルマリン漬けだ。容器の側面と蓋《ふた》に、症例の通し番号が打たれ、それがいつ、誰から採取されたサンプルかすぐに調べがつくようになっている。

「ここなのか？　もう、ここからは出て行ける場所はないぞ」

龍村は、見えない「誰か」に問いかけた。

すると、龍村に回答を示すように、入り口から三列目のラックあたりでガタンと大きな音がした。

「な、何だ？」

思わず駆けつけると、床の上に密封容器の一つが転がっている。ラックからいきなり落ちた……いや、見えざる手に落とされたらしい。

「うおっ、よ、容器が破損したらどうするんだ！」

龍村は慌てて容器を拾い上げ、素早く内容物の無事と液漏れがないことを確認し、安堵の息を吐いた。

「よかった、無事か。……というか、これなのか？　君が僕に見せたいもの、見つけてほしいものというのは」

　——ミツケテ……。

　そんな囁きが、耳元で聞こえた気がした。

「!?」

　龍村は周囲を見回したが、誰もいない。人影はおろか、あの美しい白い腕も現れはしない。

「これ、なんだな」

　もう一度、見えない相手に念を押して、龍村は密封容器をもう一度しげしげと見た。

「五年前のサンプルか。……どんな症例だったか、とにかく調べてみるとするか」

　龍村はサンプルをひとまずラックに戻すと、白衣の胸ポケットから小さなメモ帳を出し、症例番号を書き付けた。そして、自分を緩やかに招いていた美しい女の腕のことを思い出し、小さく身震いしながら解剖棟を後にしたのだった……。

四章　弱く照らすもの

その夜、森《しん》と敏生《としき》、それに龍村《たつむら》は、龍村が指定したドイツ料理の店で落ち合った。龍村の住むマンションから電車で数十分の、住宅街の真ん中にぽつんとある小じゃれた店だ。入り口にドイツ国旗を立てていなければ、レストランとは気付かず通り過ぎてしまうだろう。

入り口近くにはデリとベーカリーが併設されており、その奥がレストランになっていた。森と敏生が店に到着したとき、龍村はすでにテーブルに着き、店員と談笑していた。

龍村が笑顔を見せていることに、二人はまずホッとした。どうやら「白い左腕」との遭遇が上首尾に実現したのだろうと推測できる表情だったからだ。

「ドイツ料理とは、あんたにしては珍しいチョイスだな」

とりあえず注文を済ませ、森は店内を見回しながら言った。

内装は極めてシンプルで、これといって特筆すべきものはないが、テーブルの配置がゆったりしている上、彼らの他に客は一組、老夫婦だけだ。店内にはかろうじて聞こえるボリュームでドイツの民族音楽らしきものが流れており、くつろいだ気分で食事ができそうだった。

龍村は、昨日より……いや、昼間よりずっと落ち着いた様子で、壁にかかったビールジョッキの絵を指さした。

「もう少し暑くなると、むしろコロナビールにライムを搾《しぼ》って……ってのが魅力的になるんだが、今はまだ、旨《うま》い黒ビールを飲みたい気分でな。それに、肉とソーセージ、ジャガイモにキャベツとくれば、食欲旺盛《おうせい》な琴平《ことひら》君にもぴったりだろう。腹にたまる食事と、酒の肴《さかな》を両立する料理ってなあ、意外と貴重なんだぜ」

「なるほど。そういう観点で選んだとは気付かなかった。そして……あんたの顔色を見る限り、もろもろ上手《うま》くいったようだな」

「僕たちが出て行ってから、どうでした？　壁から腕、生えたんですか？」

敏生は声をひそめ、しかし好奇心に鳶色《とびいろ》の目をキラキラさせて龍村のほうに身を乗り出す。龍村は顔の左側だけでニヤリと笑い、こう言った。

「生えたよ、またしても左腕がな。おかげさまで、何もわからない不安な状況からは一歩抜け出すことができた。もっとも、おかげで新たな謎《なぞ》にぶちあたったが」

「新たな謎？」

森は軽く眉根《まゆね》を寄せる。

「うむ。しかし、その話は家に帰ってからにしよう。あまり食卓にふさわしい話題ではないからな」

「それは確かに。失礼した」

森は苦笑いで同意した。そこに、店員が飲み物と前菜を運んでくる。龍村は上機嫌でジョッキを手にした。

「まあ、とにかく乾杯しよう。僕にとっては、喜ばしい一日だった。停滞しているよりは、前進にせよ後退にせよ、行動が起こせるほうがずっといい」

森と敏生も顔を見合わせ、森は白ワインの、敏生はオレンジジュースのグラスを手にする。

「俺たちのほうも、祝うに値する有意義な一日だったよ。……では、乾杯」

「かんぱーい」

ジョッキとワイングラスを合わせることは躊躇《ためら》われ、三人はそれぞれの飲み物を軽く持ち上げただけで乾杯を済ませ、食事を始めた。

森も敏生も、ドイツ料理というとにかく大雑把で大盛り、そして大味というイメージがあったのだが、そこは龍村が贔屓《ひいき》というだけあって、出される料理はどれも小綺麗《こぎれい》に盛りつけられ、ボリュームも適正だった。

龍村と森は、スモークサーモンやソーセージ類でゆっくりと酒を楽しみ、敏生は大好物のウインナーシュニッツェルを堪能《たんのう》できて、ご機嫌である。

「で？　お前たちのほうは？　あの絵のことを半日調べていたんだろう？」

龍村は、二杯目の黒ビールに口を付けながら、もう一方の手をゆらゆらさせて、蠟燭《ろうそく》の炎を表現してみせた。

森は、彼らしい几帳面《きちょうめん》さでソーセージとザウワークラウトを三等分し、それぞれの取り皿に盛り分けながら答える。

「絵というより、画家のことをな。図書館や書店をハシゴして、あの絵を描《か》いたと思われる高島野十郎《たかしまやじゅうろう》についてあれこれ調べてみた」

「ほう。僕は寡聞にして知らないんだが、その高島野十郎ってのは、有名な画家なのか？」

「敏生が言っていたように、死後はずっと忘れられていて、今まさに再評価されつつある画家のようだな。生前はあまり絵が売れず、個人的に贈呈された絵が多いために、なかなか市場には作品が流通しないらしい」

「ほう。その分じゃ、資料も少なそうだ」

「ああ。彼の生涯をたどるだけでも、けっこう手間がかかったよ。今、福岡県の美術館が中心になって、絵画を買い集めたり、寄贈を募ったりしているようだが、結果が出るまでにはもうしばらく時間がかかりそうだな」

「ホントはね、その美術館に絵を見に行こうかって言ってたんです。でも、さすがに日帰りで見に行くのは慌ただしすぎるし、今は一般展示で何枚か見られるだけみたいなんですよね。だから今回は諦《あきら》めて、いつかまたって約束しました」

敏生はちょっと残念そうに言った。彼としては、とんぼ返りでもいいから見に行ってみたかったのだろう。

「そうだな。博多《はかた》や小倉《こくら》はまだ行ったことがないんだろ？　黒川《くろかわ》か湯布院《ゆふいん》にでも行くついでに美術館に立ち寄るってのが、美しい流れなんじゃないか？　僕は今みたいに大流行になる前に湯布院に行ったことがあるが、実にいい湯だったぞ。馬刺しも旨かった」

取りなしつつもどこか自慢げな龍村に、敏生は素直に羨《うらや》ましそうな顔をした。

「わあ、それいいなあ。行ってみたいな。天本さんも、温泉があるならいいですよねっ」

「人を温泉マニアみたいに言うな」

森は渋い顔で取り皿をそれぞれの前に置き、自分はサラダをつつきながら言った。

「高島野十郎というのは、まるで修行僧のように、絵画一筋のストイックな人生を送ったようだ。しかし、どの資料を見ても、バーナビーや父と直接結びつくような記述はなかった。ただ、晩年に千葉県柏《かしわ》市《し》のアトリエに落ち着くまでの一時期、全国を放浪していた時期がある。その頃に描いた絵の一枚が、回り回ってバーナビーの元に来たというルートが、いちばん考えやすいな」

龍村は、興味深そうに唸《うな》る。

「ふうむ、なるほどなあ。特にバーナビーって人と知り合いだったなんて話は出てこなかったわけか」

「今のところは。早川《はやかわ》も多少調べてみてくれたそうだが、特に有用な情報はなかった。だが、絵にすべてを捧《ささ》げた野十郎の生き方も、描いた絵も、とても興味深い。実物を見られなかったのは残念だが、印刷された絵からでも、彼が全身全霊を打ち込んだことがわかったよ」

「ふむ。確かに、昨夜少し見せてもらったあの蠟燭の絵は、どうにもリアルだったな。しかし……何と言うか、リアルだが、現実離れしている印象も持った」

「珍しくあんたと絵に対する意見が合うな」

龍村の言葉に、森は少し意外そうに同意した。

「ふむ、お前もそう思うのか、天本?」

「ああ。丹念で細やかに描かれてはいるし、極めて写実的だと思うんだが……。どう言えばいいんだろう。敏生、君の言葉のほうが俺の印象を正確に伝えてくれそうだな。君なら、野十郎の写実をどう表現する?」

森に問われ、敏生は薄くカリッと揚げられた仔牛《こうし》のカツレツをもぐもぐと頰張《ほおば》りながらしばらく考え、そして答えた。

「見たいもの、見るべきものだけを残して、他はガシガシ削《そ》ぎ落とした……図書館で展覧会の図録に載っていた野十郎の絵を見ていて、そんな気がしました。ホントはもっといろいろ見えてるはずなのに、画布に載るのは彼が凄《すご》く厳しく選び抜いたものだけ、みたいな」

その答えに森は満足げに微笑したが、龍村は盛んに首を捻《ひね》った。

「ふむ？　それはデフォルメとはまた違うのか？」

「んー。デフォルメは、何かを特に強調することですよね。そうじゃなくて、余計なものを切り捨てていくことによって、残ったものの輪郭線をくっきりさせていく感じ、かな」

「むむむ。さすがに作家と同居しているだけあって、琴平君もなかなか難しいことを言うようになったもんだ」

感心しきりでそんなことを言う龍村に、敏生は丸い頰を膨らませて抗議する。

「難しくなんかないですよう。絵描きは誰だって、自分の描きたいものを選んで描くんだと思います。ただ、野十郎は、その選び方が滅茶苦茶厳しいだけで」

「ああ、なるほど！　その表現は非常によく理解できたぞ」

龍村は、ようやく合点がいった様子でポンと手を打った。敏生もちょっと照れくさそうに笑う。

「あはは。僕も、やっと僕らしい表現になったかもって思いました。でも、ホントにどの絵も凄く素敵なんですよ。ね、天本《あまもと》さん」

「ああ。生前、彼が何故それほど評価されなかったのか、皆目わからない。資料を読む分には、本人が絵を売るという行為に乗り気でなかったように書かれていたが、それにしても……」

そんな森の言葉に、敏生は大きく頷《うなず》く。

「ですよね。野十郎だけじゃなくて、ゴッホなんかも。どうして生きてる間、誰も良さに気付いてくれなかったんだろうって思うと、凄く不思議になるんです。そのときの絵のトレンドとか、理由はいろいろあるんでしょうけど。……でも、いいものは、流行に関係なく、いつだっていいと思うんだけどなあ」

龍村は、面白そうに相づちを打った。

「確かに。だが、琴平君。一方で、生きている間はさんざんもてはやされたのに、死後、速やかに忘れられてしまう作品や作家も存在する。たとえば、音楽家のサリエリだな。生前は、同時期に台頭してきたモーツァルトよりずっと高い地位を得、音楽も高評価だったが、今はどうだ。例の映画のせいで、サリエリと聞いて皆が言うことはただ一つ、『ああ、モーツァルトを殺した人！』ってな有り様だ。音楽家だったことすら知らない奴《やつ》も多いんじゃないか？」

「それは……そうですね。絵だって、生きてる間はそこそこ売れても、亡くなった後はさっさと忘れられちゃう画家さんなんて、いくらでもいますし」

「うむ。生きている間に名声を得、死後もそれがますます高まっていくなんてアーティストは、なかなかいないんだろうな。ほら、琴平君の師匠だった高津園子《たかつそのこ》先生は、そのうちのひとりなんじゃないか？」

「ああ、そうですね。先生の絵は、この先もずっと人の記憶に残ると思います」

龍村と敏生の会話をじっと聞いていた森は、皮肉っぽい口調で言った。

「しかも、創作の場合、どうやれば人気を得られ、人に認められるか……確かな成功の法則など何一つない。小説も同じだ。結局、人の評価など気にせず自分のやりたいことをやり、しかも食うに困らない、依頼が絶えない程度に売れるというほどほど加減がいちばん幸せなのかもしれないな」

それを聞いて、敏生はクスクスと笑う。

「何だか天本さん、夢がないなあ。いいじゃないですか、天本さんの小説はちゃんと売れてるし、読者さんもいっぱいいるんだから」

からかうような言葉に、森は存外真面目に頷く。

「自分の置かれた立場には満足しているし、恵まれているとも思うよ。……とはいえ、もし、どちらかを選べると言われたら、君ならどちらを選ぶ？　生きているうちはもてはやされ、死後速やかに忘れられる運命か、生前はまったく誰にも相手にされず、死後、世界中の人々に愛される運命か」

「ええっ？　生前も死後も両方って選択肢はないんですか？」

「ないものとしたらどっちにする？」

「えー……困ったな」

いきなり究極の選択を突きつけられて、敏生はうーんと唸りながらカツレツを大きく切って頬張り、ゆっくり咀嚼《そしゃく》しながら盛んに首を捻り、そして口の中のものがなくなってから答えた。

「何だか俗物っぽくて嫌ですけど、僕、やっぱり死後はともかく、生きてる間に人気が出るほうがいいなあ」

龍村は面白そうに訊《たず》ねる。

「ほう？　そりゃまた何故だ？　君なら、自分亡き後も作品が末永く残るほうを選ぶとばかり思ったのにな」

「うーん。それももちろん素敵なんですけど、それだと生きてる間、何かこう……貧乏のどん底を味わうことになりそうな気がして」

「ふむ。それはそうかもな」

「物凄い贅沢《ぜいたく》をしたいわけじゃないんですけど、せっかく生まれてきたんだから、人生を楽しみたいなって思うんですよ。こうやって美味《おい》しいもの食べたり、あちこち旅行したり……。そのためには、そこそこはお金があったほうがいいなって思っちゃいました」

素直すぎる敏生の言葉に、龍村は豪快に笑った。

「わははは。それもまた、琴平君らしい理由ではあるな。しかし、生活のことは悩まなくてもよかろう。天本が全力で養ってくれるだろうからな。だろ、天本？」

「ええー？　それはそれでちょっと情けなさすぎますよう」

敏生は不満げに頰を膨らませる。それを横目で見ながら、森もさりげない口調で同意する。

「まったくだ。今養うのは構わんが、将来的に、俺は敏生に老後の面倒をみてもらうつもりだからな。今後の頑張りを期待したいところだ」

「ええっ⁉　ちょ、そ、それもちょっと」

それはそれで荷が重いらしく、敏生は軽くのけぞった。龍村は太い眉をヒョイと上げる。

「おい、それは琴平君に軽くプレッシャーをかけているのか、それともその年までラブラブで過ごすつもりだというノロケなのか、どっちなんだ」

「両方だ」

涼しい顔で言い放ち、森はまったくの冗談でもなさそうな綺麗な笑みを浮かべた……。

帰宅後、二度目の食後のコーヒーを飲みながら、龍村は昼間にあったことを森と敏生に説明した。興味深そうに耳を傾けていた敏生は、ズラリとホルマリン漬けが並ぶ標本室の光景を想像したのか、ゾッと身震いしながら龍村に訊ねた。

「じゃあ、その落っこちた容器の中身の持ち主さんが、白い手の女の人の正体だったってことですか？」

だが龍村は、微妙な角度で首を傾《かし》げる。

「いや……そう考えられたら話は単純なんだが、どうもそうではないようだ」

森はいつものようにコーヒーに大量の角砂糖を投入しながら、「どういうことだ？」と問いかける。

「お前たちに念を押すまでもないだろうが、これは部外秘だからな。他言無用だぞ」

そう前置きして、龍村は口を開いた。

「棚から落ちた容器には症例番号が打ってあってな。それが誰のもので、どんな事件で亡くなった人か、すぐに資料が検索できるようになっている。それでさっそく調べてみたんだが……臓器の持ち主は男性だった。しかも、それなりに大柄な中年男だ。だが、幽霊の手は、白くてたおやかで指が細くて、どこからどう見ても女性のそれだった。琴平君も、あれは女性のものだとハッキリ言ったよな」

「はい」

「しかもその男性は五年前、交通事故で亡くなっているが、鑑定医は僕じゃない」

「鑑定医じゃない？　まったく関係がないということか？」

根気よくコーヒーをかき混ぜ、大量の砂糖を溶かそうとする森を薄気味悪そうに見やり、龍村は頷いた。

「うむ。解剖を担当したのは、もっか入院中の教授殿だよ。僕はその日、何かの用事で外に出ていたんだろう。解剖には参加していなかった。一応、鑑定書をはじめ関連書類に目を通してみたが、別段不審なところはない。言い方は悪いが、普通の交通事故だ。死因は脳挫傷《のうざしょう》、自動車で彼を轢《ひ》いた奴は逃げずにその場で逮捕され、裁判も結審済みだ。何ひとつこじれた様子はない」

「ふむ……」

森はようやくコーヒーを口にし、まだ物足らなかったのか、さらに砂糖を少し足す。明らかに砂糖で水位の上がったコーヒーをやはり微妙な顔つきで眺めつつ、敏生は言った。

「でも……何かあると思うんだけどなあ」

「轢かれて死んだ男性と、左腕の持ち主の女性の間にかい？」

「はい。幽霊は、無関係な人を陥れようとしたりはしないものですから。その……たとえば、その男の人のご家族とかは？」

「解剖記録を見る限りでは、独居だったな。殺人事件なら、そのあたりの人間関係も詳細に書いてあるんだが、何しろ交通事故、しかも犯人が明らかだろう？　そういう場合は、警察も余計な個人情報を我々に与えることはしないものなんだよ」

「そっか、なるほど」

敏生は感心して頷いたが、森はカフェインで食後の気怠《けだる》さが薄れたのか、いつものように鋭い指摘をした。

「ということは、『独居』というフレーズが、『ずっと独身であった』ことを意味するとは限らないんだな？」

龍村も頷く。

「それは確かにそうだな。恋人がいたかもしれないし、結婚歴があったかもしれない。離婚したか、死別したか……そのあたりの情報は、解剖記録からは得られないよ」

「じゃあ、もしかしたらあの『腕』の女性は、死んだ人の関係者かもしれないですよね。奥さんや恋人じゃなくても、娘とか、仕事仲間とか、妹とか……そんな可能性も」

「うむ。あるやもしれんな。ただし、それを知るために、警察に照会することは躊躇われる。よほどの理由がない限り、自分の担当でもない事件の、しかも事件と直接関係のないデータを要求するのは、法医学者としては越権行為もいいところだからな」

敏生は眉尻《まゆじり》を下げて困った顔をした。

「そうですよねー。うーん」

しばらく考えていた敏生は、意を決したようにこう言った。

「あの……だったら僕、明日もう一度、大学にお邪魔していいですか?」

「構わないが、何か気になることでも?」

「ちょっと怖いけど、その男の人の臓器標本、見てみたいんです」

「見る? あんなものを見ても、楽しいことは何もないぞ」

「さすがに人様の個人的な事情を一方的にリーディングするわけにはいきませんけど、何か不穏な空気とか、そういうものを感じとることくらいはできるかなと思って」

龍村はようやく合点がいった様子で頷いた。

「なるほど。だが、いいのかい? 素人さんにはいささかグロテスクな代物だぜ?」

敏生は少し不安げに頷いた。

「確かにちょっと怖いですけど、やっぱり乗りかかった船だから。少しでもかかわってしまった以上、龍村先生と同じように、僕もあの白い腕の持ち主の女性のこと、気になるんです。警察に情報を求めることができないんなら、やっぱり本人に語ってもらうか、僕らがあるものから情報を引き出すしかないですから」

森も、今度は満足げに激甘コーヒーを啜《すす》って言った。

「俺も行こう。昨日は何の準備もなかったから、敏生のやることを見ているしかなかったが、明日までに多少の仕込みをしておくから」

森の話か、それともコーヒーか、どちらを不気味がっているのかわからない顰《しか》めっ面で、龍村は森の言葉をオウム返しした。

「仕込み？　何のだ？」

「もし腕の持ち主にその気があるならの話だが、効率的な方法で、何を求めているのか喋《しゃべ》らせるための準備だ。まあ、手荒なことも余計なこともする気はないから安心しろ」

「うむ。まあ、お前たちのやることに間違いはないだろうし、ハッキリしない話だというのに、助けてくれるのはありがたい。何とか頼む」

うっそりと頭を下げる龍村に、敏生は胸を叩《たた》いてみせた。

「任せてくださいっ。……っていうほど成果が上げられるかどうかはわかんないんですけど、頑張ります」

森も深く頷いた。

「あんたには、俺たちの憂いをいくつも消してもらった。あんたの憂いを一つくらいは消せなければ、友人として恥ずかしいからな」

「恩に着るよ。……とと、そうだ。琴平君に頼まれていた土産を持って帰ったんだった。あやうく忘れるところだったぜ」

龍村はそう言ってリビングを出て行き、すぐに何かを持って戻ってきた。それを敏生に差し出す。

「あ、やった！」

敏生は、手渡されたものを見て、幼い顔をほころばせた。それは、龍村たち法医学者が解剖のときに使うゴム手袋だった。サイズも敏生に合わせて小さめのものだ。

「女子学生の実習用に買ってあったやつを、一組失敬してきた。琴平君の手なら、僕の使うものより、そっちのほうがいいと思ってな。どうだい？」

手袋をさっそくはめてみて、敏生は嬉《うれ》しさ半分、悔しさ半分の顔で言った。

「ちょうどいいです。何か女性サイズって言われると複雑ですけど、確かに僕の手にぴったりだし、使いやすそうで嬉しいな。手袋、薬局で買おうかと思ったんですけど、やっぱり龍村先生にお願いしてよかったです。プロの使うやつは、凄く薄くていいですね」

「ふむ。やはり絵画を扱うときには、そういう手袋が必要なものなのか？」

「あ、いえ。慣れていれば、かえってないほうがいいときも多いんです。指先の感覚ってとっても鋭いので、素手のほうが注意深く美術品を取り扱えますし、触るところが決まっているので、手垢《てあか》や皮脂の心配もそれほどありませんしね。手袋をはめていたばっかりに、指がすべって美術品を傷つけてしまう危険性もあるんです」

「ふむ？　では何故、手袋をリクエストしたんだい？」

龍村のもっともな質問に、敏生は手袋の指先の具合を確かめながら答えた。

「あの蠟燭《ろうそく》の絵に関しては、バーナビーさんが残していってくれたその理由がわからないので、何ていうか……」

　言いにくそうな敏生に代わり、森があっさりと話を引き継ぐ。

「何か物騒なものが仕込まれている可能性があるから、素手で触らせるわけにはいかない。せめて手袋で多少の用心ができれば、俺も安心なんでな。それで、昨夜は敢《あ》えて絵を弄《いじ》ることはせず、あんたに手袋を頼んだんだ」

「ああ、なるほどな。もっと言やあ、バーナビーって人の名前を騙《かた》って、お前の親父《おやじ》さんが罠《わな》を張ったかもしれんしな」

「……いや。父は学者だけに、美術工芸品の類《たぐい》は大切にするし、気に入った物には病的に執着するタイプでもある。優れた美術品を、息子を陥《おとしい》れるために捨《す》て駒《ごま》にするような真似はしないと思うよ」

「なるほど。なかなか深い読みだな」

　龍村は感心したように、髭《ひげ》がまばらに浮き始めた顎《あご》を撫《な》で、立ち上がった。

「まあとにかく、そんな小さなプレゼントでも、役に立つなら幸いだ。……さてと、僕は先に失礼して、もう休むよ。ずっと寝不足気味だった上、今朝は二日酔いと来たもんでな。そろそろ仕事に支障を来しそうだ。風呂《ふろ》は明日の朝にする。……とと、その前に、例の絵を金庫から出さなくてはな。おいで、琴平君」

「はいっ」

そう言って、敏生を伴って寝室に戻った龍村は、金庫から蠟燭の絵を出して敏生に渡し、洗面所に消えた。

敏生は大事そうに絵を抱え、ずっと絵の番をしてくれていた小一郎《こいちろう》が入った羊人形をジーンズにぶら下げてリビングに戻る。その間に森は茶器を洗って片付け、ローテーブルを綺麗に拭《ふ》いた。

そのガラスのテーブルに絵を置き、二人は改めてクレイグ・バーナビーに託された小さな絵に見入った。

しばらく無言だった二人だが、先に口を開いたのは敏生だった。

「確かに本物は見られなかったですけど、図録で見た蠟燭の絵に、やっぱり凄く似てますね」

「ああ。これだけのものを描ける人間が、そう何人もいるとは思えないしな。あくまで門外漢の言うことだが、この絵の迫力は、やはり野十郎の真筆なんじゃないかと感じるよ」

「僕もです。でも、もしそうじゃなくても、僕、この絵が大好きだから嬉しいな。こんな凄い絵を生で、すぐ近くで好きなように見られて。ね、天本さん。龍村先生から手袋も頂いたことだし、この額《がく》……開けてみてもいいですよね？」

森は即座に頷く。

「ああ。バーナビーからのメッセージが隠されている可能性があるとしたら、額の内部だけだからな。頼む」

「はいっ」

師匠であった高津園子の絵に触れる機会が多かったので、絵画の取り扱いは慣れっこの敏生である。もらったばかりの手袋を両手にはめて指先の具合を確かめてから、そっと額を裏返し、裏板の留め具を外した。

「あれっ」

慎重に板を持ち上げた敏生は、軽い失望の声を上げた。

そこには、期待していた手紙やメモの類は挟まれていなかった。露出したキャンバスの裏側にも、サインや解説の類は書き付けられていない。ただ、絵の具の汚れが多少付着しているだけだ。

「何もなかったですね。あーあ、バーナビーさんが天本さんあてのお手紙とか隠してないかなーって期待してたのに」

あからさまにガッカリした敏生に、森も苦笑いで頷く。

「そうだな。まあ、そう何もかもが都合良く運びはしないということだろう。ひとまずは、素晴らしい絵を俺たちに託してくれたことに感謝して……うん?」

「どうかしましたか?」

「ちょっと手をこっちに……ああ、そこか」

「えっ？」

森の言葉と視線に、敏生はパッと裏板を引っ繰り返した。するとそうぶ厚くない、肌理《きめ》の粗い板の隅っこに、サインペンで何かが書き付けられている。

敏生はギュッと眉をひそめて、裏板に顔を近づけた。

「ん～。『……は……に……向かって……』？　うーん、サインペンが滲《にじ》んじゃって、読めないな。上の文章は日本語だけど、下は違うみたい。英語？」

「見せてみろ」

森は敏生の手から板を受け取り、しばらく考え込んだ後に口を開いた。

「おそらくはこうだ。『ロウソクの炎は、上方へ向かって流れる砂時計』」

その文句を耳にして、敏生はガース・ウィリアムズの描くウサギそっくりの、まん丸な目をする。

「ロウソクの炎は、上方へ向かって流れる砂時計……。よく読めましたね。僕、ひらがなですら怪《あや》しかったのに」

「俺にだって、全部解読できたわけじゃない。原典を知っていたから、推理が可能だっただけさ」

「原典？」

「下のほうが、フランス語の原文だよ。上はそれの和訳だ。ガストン・バシュラールの著作『蠟燭の焔』に、確かこんなフレーズがあった気がする」

　フランス語と聞いて、敏生は何かまずいものを飲み込んだような顔をした。

「誰ですか、それ」

「フランスの哲学者だよ。科学的知識と、詩的想像力。ともすれば相反するテーマの研究に人生を捧げた人物だ」

「うへえ……。何かすっごく難しいことを考えてた人なんだ。よく知ってましたね、そんな人のこと」

　感心しているのか呆《あき》れているのか薄気味悪がっているのか判別し難《がた》い敏生の表情に、森はこともなげに答える。

「誰だって、十代の終わり頃に哲学書の一冊や二冊、紐解《ひもと》くだろう。バシュラールは哲学者にしては書き方が文学的だから、読みやすいほうだよ」

「うええ……。僕はそんなの読みませんよ。……っていうか、この文句、誰が書き付けたんだろう。もしかして、野十郎?」

「では、なさそうだな。滲んでいるからわかりにくいかもしれないが、下のフランス語のほうが遥《はる》かに書き慣れた筆致だよ。素早く書いているから、滲みが少ない。それに比べて、上の日本語は金釘流《かなくぎりゅう》というか、慣れない文字を慎重にゆっくり書いている気配がある。だからこそ、あちこちで滲んで、君にはさっぱり読めなかったんだ」

「あ、なるほど。横文字に慣れてて、日本語はわかるけど書くのにフランス語より時間がかかる人物……ってことは、バーナビーさん⁉」

「だと考えるのが妥当だろうな。イギリス人なら、学校でフランス語を選択して学ぶチャンスはあっただろう。いくら日本の民俗学を研究していても、日本の文字は読む分にはよくても、書くのはなかなか難しいからな」

「特に漢字は、そうですよね。あ、だから漢字の部分が、いちばん滲んで団子みたいになっちゃってるんだ。ほとんどシルエットクイズですよね」

「そうだな。フランス語の原文でピンとこなければ、俺にも日本語パートを解読するのは難しかったと思うよ。……ということは、これがバーナビーから俺へのメッセージというわけか」

森は難しい顔で、もう一度ゆっくりと「ロウソクの炎は、上方へ向かって流れる砂時計」と文句を繰り返し、裏板を敏生に渡した。森の意図をすぐに察した敏生は、裏板を丁寧にはめ直し、額を表に返す。

再び現れた「ロウソクの炎」の絵に、二人はどちらからともなく顔を見合わせた。

「いったい何を伝えようとして、こんな文章を書いていったんだろう、バーナビーさん」

敏生は途方に暮れた顔つきで、ガラスの上からそっと炎の先端をなぞった。

「確かに、炎が上へ向かって伸び上がっていく間に、どんどん時間は流れて、蠟燭は短くなっていきますよね。それを砂時計って表現した……のかな」

「おそらく。確かにこの絵にはふさわしい文句だ。だが、それをわざわざ書き残した意味は……今のところ、思い当たらないな」

「ですよね」

「あるいは、俺が深読みしようとしているだけで、本当は備忘録的に、絵によく合うフレーズを思い出して書き付けただけかもしれない。今、あれこれ考えてもどうしようもないな。ひとまず、この絵とメッセージのことは脇《わき》に置いて、まずは龍村さんの件に集中したほうがよさそうだ」

敏生もそれに同意して、ぴったりしていささかきつい手袋を外した。

「そうですね。とりあえず、焦ってもバーナビーさんはもうこの国にいないんだろうし。この絵は、大事に家に持って帰りましょう」

「ああ。……となると、頭を切り換えて、明日の準備に取りかかるべきだな。敏生、二日連続で悪いが、先に風呂を使ってもいいかい？　潔斎をしてから、札を書きたいんだ」

「もちろん、どうぞ。僕はもう少し、この絵を見てます」

「本当にお気に入りなんだな。では、お先に」

微笑を残して、森は部屋を出て行った。

しばらく惚《ほ》れ惚《ぼ》れと両手で額を持ち、絵に見とれていた敏生は、額をローテーブルに置き、深い溜《た》め息《いき》をついた。そのまま、ソファーにごろんと横になる。

「うー、瞼《まぶた》が重いや」

森にとっては、大量の資料を紐解くことなど普段の執筆作業の中で慣れっこなのだろう。次から次へと本に目を通してもまったく平気な様子だったが、敏生のほうはそうもいかない。

「はー、これまでで最高にたくさん字を読んだから、目が疲れた」

瞼を閉じると、目の奥がジンジンするのがわかる。

(やっぱ、日頃からもうちょっと本を読まなきゃ駄目かな。でも、読書って苦手なんだよね。すぐに眠くなっちゃうし)

そんなことを思いつつ、うとうとしかかったとき……。

「おい、うつけ」

耳慣れた声が敏生を呼んだ。

目を開けてみると、青年の姿になった小一郎が目の前に立っていた。

深く尊敬する主《あるじ》の前では遠慮して羊人形の中に控えていることが多い彼だが、敏生がひとりになると、こうやって遊びに……本人曰《いわ》く敏生の相手をしてやりに……出てくる。

「あ、小一郎。やっと出て来た。あのさ、今日、書店巡りの合間に天本さんと凄くケーキの美味しいカフェに行ったんだ。で、お留守番のご褒美に、小一郎にもお土産買ったんだけど、食べる？」

突然の出現にはすっかり慣れっこの敏生は、驚きもせずむっくりと起き上がった。

「食う」

仏頂面《ぶっちょうづら》で即答し、小一郎はソファーの、さっきまで敏生の頭があったあたりにどっかと腰を下ろす。敏生はすぐに客間に行き、小さな紙袋を持って戻ってきた。

「はい。これ。どうぞ」

「ふん。ときに、これは主殿からか？　それともお前からか」

「僕から。だから安心して、全部ひとりで食べていいよ」

「…………」

どうやら式神は、主以外の人間に感謝の言葉を述べることはしないものらしい。無言で袋を開けると、中身を無造作にローテーブルの上に空ける。散らばったいろいろな焼き菓子の中からピスタチオのフィナンシェを選んで頬張りつつ、小一郎は目の前に置かれた蠟燭の絵をしげしげと見下ろした。

「何？　小一郎も、この絵が気に入ってるの？」

敏生が自室で絵を描いているとき、小一郎がよく見物にやってくる。好奇心の強い彼が、自分の好きな絵に興味を示してくれたことが嬉しくて、敏生はソファーの縁に腰を下ろし、絵を膝の上に置いた。

「俺は妖魔《ようま》だ。そんなものを好いたり嫌ったりする意味はわからぬわ。されど、お前が日頃描き散らかすものよりは上手いことはわかるぞ」

「ちぇ、どうしてそんなことだけわかるかなあ……。まあいいや、ホントのことだもんね。じゃあ、何でそんなに一生懸命見てるのさ」

「いや。かねてより不思議だったのだ。人間はやたらと絵画をあちこちに飾りたがるが、いったい、何がそんなによいのだ」

小一郎の質問攻撃には慣れっこの敏生も、あまりにも素朴すぎる疑問に目を丸くする。

「何がって……」

「同じ飾るなら、写真のほうが手っ取り早いし、正確でもあろう」

「そ、そりゃそうなんだけどさ」

「たまにお前に付き合って絵を描くと、まあ上手く描けたときのしてやったりな感じはわからんでもない。主殿が褒めてくだされるときは嬉しくもあるしな。絵を描くことによって、情緒が育つと説明してくだされたので、描くことの意味は何となく理解できるのだ。されど、飾るほうがどうにもわからぬ」

「うーん」

敏生はしばらく唸《うな》りながら考え、そして言った。

「これは僕の個人的な考えだから、天本さんはまた違うことを言うかもだけどさ。僕は、

絵を見るとか飾るとかいうのは、お喋《しゃべ》りに似てると思うんだ」

「お喋り？　たとえばこの絵が、何か喋るのか？」

「違う違う、そうじゃなくて。たとえば小一郎が絵を描くときは、何かを見たり思い出したり、想像したりして、それが気になるなって思うからこそ描くわけだろ？」

今度は小一郎が考え込む番である。腕組みして頭を何度か左右に倒してから、小一郎は頷いた。

「うむ。言われてみれば確かにそうだな。写生とやらは、風景の中でとりわけ目を引いたものを描く。良い悪いという意識ではないが」

「そうそう。描き手が気になるものを描いたのが、絵だと思うんだよ。それは綺麗とか可《か》愛《わい》いとか素敵ってだけじゃなくて、嫌なもの、醜いもの、怖いもの、悲しいもの……とにかく、その人に強烈な印象を残したものだろ？」

「ふむ。確かにな」

話を聞いている間にも、小一郎は無造作に焼き菓子を次々と口に放り込んでいく。

「そういう絵を僕らが見て、もし画家と同じものに惹《ひ》かれたり、心が震えたりしたら……時間や空間を超えて、僕らと画家は同じ感動を共有できたってことになるじゃない？　それって、一種のお喋りみたいなものだと思うんだよ、僕」

「ふむ。お前もだんだん、説明が上達してきたようだな。一応、理解できぬこともないぞ」

「……いつもながら、偉そうに褒めてくれてありがとと」

呆れ顔でそう言った敏生に、小一郎は、頬張りすぎた焼き菓子で顔を変形させつつ、不《ふ》明瞭《めいりょう》な口調で言った。

「されど、それは写真でも同じことであろう。写真とて、撮影者は心を動かされるものを撮るのであろうに」

「うっ……それはそうだけど。でも、写真はカメラを使うだろ？　ある意味、メカと共同作業みたいなもんでさ。思いどおりの写真を撮ろうと思ったら技術が要るし、あと、ホントに絶妙のタイミングじゃなきゃ駄目だったりするじゃない？　だけど絵なら、描き手が何かを見たら、記憶をもとに、あとで描くことだってできるだろ？」

「なるほどな。……むーん」

瞬《また》く間に五つ六つ入っていたはずの焼き菓子を平らげてしまった式神は、まだ口をもぐもぐやりつつ、腕組みして再度、絵に見入った。微妙な角度で首を傾げるそのさまは、ちょっとした評論家のようだ。

「お前がこの絵にさように惹きつけられる理由は何だ？」

敏生は小一郎が散らかしたゴミを片付けながらクスリと笑った。

「そんなの、一言じゃ言えないよ」

「では三言程度で言え」

「ええー？　困ったな……三言だけ？」

「うむ」

相変わらずの無茶ぶりに敏生は絵を眺めながらしばらく唸り、そして答えた。

「そうだなあ……。言葉にするのは難しいけど、闇《やみ》の中で燃える蠟燭をじっと見つめてる、画家の目そのものに凄く惹かれる……ってことかな」

「三言よりだいぶ多いではないか。しかも意味がわからぬ」

「仕方ないだろ！　プロの評論家じゃないんだから、感動をいちいち言葉にしなくていいんだよ、僕らは。……この人はさ。っていうかこの絵がホントに高島野十郎のものなら、彼は似たような蠟燭の絵をいっぱい描いたんだ。細かいところは違うんだけど、ホントにどれも燃えてる短い蠟燭の絵なんだよ」

「……そ奴は左様に蠟燭が好きだったのか？　電球よりもか？」

「もちろん好きだったんだろうけど、もっと何か……こう、闇を照らしてくれる炎に、力強くて、静かで、あったかくて……清らかで。そんな特別なイメージを持ってたんじゃないかな。ほら、炎ってさ、どっか神聖な力があるじゃん」

「ふむ……確かに。俺ほどの妖魔になれば平気の平左だが、下等霊は炎を恐れるものだからな」

「そうそう。それにさ、蠟燭はいつか燃え尽きて、またそこは闇に包まれてしまう。でもそれまでの間、蠟燭の炎は、揺れながらも確実に、画家の視界を支えてくれるんだ。とても小さな炎だけれど、画家の絵の中では、一本の短い蠟燭とそこに点《とも》されたささやかな灯《あか》りだけが、世界を守ってるんだよ。そんな安心感と、それがいつまでも続かないっていう心細さ、緊張感……そうしたもののせめぎ合い、みたいなのが凄く魅力的なのかなあ。言葉にすると、何か違ってきちゃう気がするんだけど」

「よくわからぬ。何一つ、永遠に続くものなどありはせぬのに、何故蠟燭にこだわったのであろうな、その画家は」

「それはわかんない。わかんないけど……でも、バーナビーさんがこの絵を『ロウソクの炎は、上方へ向かって流れる砂時計』って言葉と一緒に残していったのは、やっぱり何かのメッセージなんだろうなって思う。トマスさんに書き付けのことを知られても警戒されないように、謎《なぞ》かけみたいな形で僕らに託したんだろうなって」

「それは解読できるのか？」

「今はわかんない。でも……いつか、次の手がかりがどっかから出てくるかもしれないし、このメッセージの意味が、何かの拍子であっさりわかるときが来るかもしれない。そうだ、小一郎の視点って時々凄く斬新《ざんしん》だから、小一郎がひょっこり読み解いちゃうかもしれないね」

「うむ。それはあり得るな」

思いきり胸を張って請け合った式神は、彼にしてはかなり丁重に、絵を両手で持って立ち上がった。敏生はちょっと驚いて、小一郎の精悍《せいかん》な顔を見上げる。

「どうしたの？」

「龍村どのが就寝してしまわれた故《ゆえ》、金庫に戻すのは今宵は無理であろう。お前が阿呆面《あほうづら》で寝ているあいだ、俺が預かっておいてやる」

「阿呆面は余計だけど、そうしてくれると助かるよ。……でも、気をつけてね」

小一郎は小馬鹿《こばか》にしたように鼻を鳴らした。

「主殿の大切な絵画だ。お前に言われずとも、丁重に扱うわ。……俺もこの絵の魅力とやらを、一晩考えてみることにする。ではな」

そう言うなり、小一郎の姿は敏生の目の前からかき消える。

「……なーんだ。何だかだ言いつつ、滅茶苦茶あの絵に興味あるんじゃないか、小一郎も」

半ば呆気《あっけ》にとられていた敏生の頰に、小さなえくぼが刻まれる。

「一晩じっくり絵を見て、何か感じられればいいね、小一郎。……おやすみ」

虚空《こくう》に向かってそう呼びかけてから、敏生も立ち上がり、うーんと大きな伸びをした。

「天本さんがお風呂から上がってくるまで、ちょっとごろんとしてよっかな」

おそらくはそのまま朝まで寝てしまうだろうとみずから予想しつつ、敏生はちょっとだけ、と自分に弁解するように呟《つぶや》きながら、客間へと引き上げたのだった。

翌日の昼過ぎ、「取材二日目」という名目で、森と敏生は再びK大学医学部の解剖棟を訪れた。朝いちばんに司法解剖が一件入ったので、それが終了してからの訪問になったのである。

「よう、時間を潰《つぶ》させちまって悪かったな、二人とも。昼飯、食ってきたか?」

建物の外で待っていた二人の元に現れた龍村は、すでに私服と白衣に着替えていたが、解剖中に被《かぶ》っていた帽子のせいか、いつもは綺麗に立った前髪が斜め方向に見事に傾《かし》いでいる。

森は片手を挙げて挨拶《あいさつ》をした。

「ああ。あんたにメールで言われたとおり、駅前で済ませてきた。あんたは?」

「秘書がパンを買っておいてくれているはずだから、もろもろ片付いてからゆっくり食うよ。……解剖室はまだ掃除の直後でびしょ濡《ぬ》れだから、準備室で先に標本を見るかい、琴平君」

「はいっ」

敏生はいささか緊張気味に頷く。龍村は、二人を解剖棟の中に招き入れた。

「ちょっと待っていてくれよ」

だだっ広い準備室の古ぼけたテーブルに二人を着席させて、龍村は標本室に引っ込み、ほどなく大きめの筒形の密封容器を抱えて戻ってきた。

「お待たせ。こいつが、交通事故で亡くなった男性の臓器標本だ」

どんとテーブルに置かれたそれを見て、敏生は思わず「ぎゃッ」と悲鳴を上げてしまう。森も、声さえ上げなかったが、何とも言えない表情で軽くのけぞった。

密封容器の内部は透明なホルマリン液で満たされ、その中には、大きめのブロックに切り取った様々な臓器がぷかぷかと浮いている。

龍村は苦笑いで謝った。

「すまん。やはり一般人には刺激が強すぎるよな。しかし、他にどう取り繕いようもないんでな。……まあ、五年も漬け込んであるんだ。芯《しん》までホルマリンが染み込んで、色もそうシュールじゃないと思うんだが」

「……十分だよ」

ごく短く感想を述べ、森は敏生の強張《こわば》った横顔を心配そうに見やった。

「大丈夫か？　龍村さんの役に立ちたいと思う気持ちはわかるが、無理はするなよ」

敏生はゴクリと生唾《なまつば》を飲み、嫌悪と恐怖と畏敬《いけい》の念が入り交じった微妙すぎる面持ちで小さく頷いた。

「だ、大丈夫、です。リーディングしろって言われたら無理って断言しますけど、ちょっと気配を探るくらいなら……たぶん」

膝の上に手を置き、何度か深呼吸して気持ちを落ち着けてから、敏生は両手で密封容器に触れた。まるで指先にセンサーがついていて、微弱な電流を検知しようとしているかのような仕草に、龍村も敏生の向かいにそろりと腰を下ろし、息を殺して事態を見守ろうとする。

しかし、敏生は一度は目を閉じたものの、すぐに「あれっ?」と目を開け、小首を傾げた。森は訝《いぶか》しげに敏生に問いかける。

「どうした?」

「今、声が」

「声? 誰のだ、琴平君」

キョロキョロする龍村に、敏生は右の人差し指を唇の前に立て、「しっ」と彼にしては厳しい声で言った。

「大きな声を出さないでください。女の人の声が微《かす》かに聞こえたんです。……もしかして、『白い左腕』の持ち主の人かも」

「ほ、本当か?」

「僕らが龍村先生と一緒にいて、彼女の気配を探ったりしていたから、僕らのことを龍村先生の協力者だって気付いてくれたのかも。……ちょっと静かにしていてくださいね」

そう念を押して、敏生は目を閉じる。森も、視線を部屋のあちこちに向けつつ、無言で耳をそばだてる。

龍村が居心地悪そうに広い肩をすぼめ、それでもあるいは自分にも聞こえるかと両の手のひらを耳の後ろに立ててみたそのとき……森が口を開いた。

「それじゃない……と言ったか？」

「僕にもそう聞こえました」

敏生はホッとしたように森の言葉を肯定し、龍村に向き直った。

「龍村先生、この人の標本、これ以外に何かないですか？　やっぱり聞こえてきた声、『左腕』の女性だと思います。でもって、彼女が龍村さんに見せたいのは、これじゃない標本みたいなんです」

「むむ？　それは、同じ人物の、これ以外のサンプルということだな？」

「おそらく。……この標本を落としたのは、龍村さんに症例番号を伝えるためだったんじゃないか？　この症例番号の人物と自分の繋《つな》がりに気付かせるためにやったことで、中身の臓器にはこれといって意味はなかったのかもしれないぞ」

敏生と森が交互に説明してくれたことがらをようやく理解して、龍村はなるほど、と頷いた。

「通常の解剖では、血液と尿は必ず採取するんだが、それらは大きな冷凍庫にしまい込まれているから、確かにこの標本のように、バイオレントに棚から落っことすような真似はできないな」

「血液と尿……」

「必要があれば、他に特別にサンプルを採取することがある。たとえば、溺死《できし》ならプランクトン検査用の組織片とかな。とにかく、セミナー室に戻って、すぐに解剖記録を調べてみる。少し待っていてくれ」

龍村は善は急げとばかりに立ち上がり、ドスドスと準備室を出て行こうとする。その背中に、森は呆れ交じりの声で呼びかけた。

「待つのは構わないが、この臓器標本を所定の場所に戻していってくれ。置いていかれては、俺と敏生が不気味でかなわない」

五章　消えゆくもの、残るもの

「ちょっと彼の解剖記録をもう一度調べてくるから、待っていてくれ」

そう言い残し、龍村《たつむら》は準備室に森《しん》と敏生《としき》を残して出ていってしまった。

「やれやれ。こんなところに置き去りにされるのは、あまり気持ちのいいものではないな。それに、ただ待っているだけでは暇だ。ちょっと掃除してくる」

そう言うと、森はおもむろに席を立った。敏生は驚いて顔を上げる。

「掃除?」

「あの入り口近くの澱《よど》みをな。あれがあると、場が乱れていろいろやりにくい。先に片付けておく」

「ああ、なるほど。僕も見てていいですか?」

「もうさんざん見ているだろうに。まあ、好きにすればいいさ。だが、君はとにかく妖《あやか》しに干渉されやすい。あまり近づくなよ」

「はい。邪魔にならないところにいます」

「よし。では行こう」

森は準備室を出たところで、ジャケットのポケットから、長年愛用している黒の革手袋を出して嵌《は》めた。甲に銀糸で小さく刺繡《ししゅう》されているのは五芒星《ごぼうせい》である。パキッと両手の指を握り込んで関節を鳴らし、森は略式の祓《はら》いをした。

背後で見ている敏生には、解剖棟の入り口、特に二階へ上がる階段の裏の暗がりに澱む下等霊の澱みがザワッと蠢《うごめ》いたのがわかった。普通の人間には見えないが、森や敏生には、そうした澱みが不気味なヘドロのような塊として目に映る。

「…………」

森の清浄な「気」に怯《おび》え、下等霊たちは反対側……壁のほうに向かって大きく波打つように動き始める。下等霊にとっては、壁という物理的障壁は問題にならないので、そこを通り抜け、もっと居心地のいい場所を探して移動しようとしているのだ。

だが森は少しも慌てず、上着の胸ポケットに差していた細長い紙片を抜き出した。白い和紙を切りそろえた四枚の紙には、黒々とした墨で曲線的な文字とも模様ともつかないものが描かれている。

それこそが、昨夜、森が敏生が眠ってから心静かにしたためた札だった。彼は人差し指と中指の間にその札を挟み、顔の真ん前に構えた。

「オン・キリキリ・バザラ・バジリ・ホラ・マンダ・マンダ・ウン・ハッタ……」

口の中で低く真言を呟《つぶや》くと、札はまるで生き物のように飛び、四方の壁に音もなく張り付いた。

まさに壁に触れようとしていた下等霊たちが、怯えたように動きを止める。森は素早く結界を張り、彼らをこの場所に閉じこめたのだ。それは、いつも彼が追儺《ついな》のときに展開する結界よりはずっと弱いものだったが、下等霊相手なら十分な威力を発揮する。

下等霊たちを追い込んでおいて、森は別のポケットから無造作に何かを摑《つか》みだした。開いた手のひらにこんもりと小さな山を作って積み上がっているのは、ごくシンプルな形ではあるが、白い紙を小さな蝶《ちょう》の形に切り抜いたものだった。

「根こそぎ喰《く》らえ」

感情のこもらない声で冷ややかに命じると、森はふっと息を吹きかけた。舞い上がった紙の蝶は、意志を持った生き物のように自由に羽ばたき、澱みへと殺到する。

純白の紙の蝶は、何の迷いもなく、下等霊たちの澱みへ突っ込み、また舞い上がる。蝶一つ一つの中には、森の式神たちが宿っており、彼らにとっては、下等霊たちは格好の「餌《えさ》」なのだった。

式神といっても、小一郎《こいちろう》に比べればまだまだ未熟で力が弱く、確とした性格もまだ備わってはいない。こうして自分たちより力の弱い妖しを捕食することにより、式神たちはごく少しずつ成長していくのだ。

敏生は、目の前の、ある意味残酷な光景をじっと見ていた。

（こう一方的に食べられるばっかじゃ、下等霊が可哀想《かわいそう》に思えるけど……でも、このまま放っておいても、この霊たちが人間だった頃の魂を取り戻すことはもうないんだもんね）

式神たちを見守っていた森は、ふと敏生の視線に気付き、振り返った。

「どうした？」

静かに問われ、敏生は小さくかぶりを振った。

「いいえ。別に、何でも。ただ、下等霊たちも、どうしようもなくここにわだかまっているよりは、式神に食われて、何ていうか……食物連鎖みたいなものに組み入れられたほうが、救いになるのかもしれない。そんなことを思ってました」

「救い……か」

「はい。別に、お肉とか魚を食べる自分を正当化するわけじゃないけど、やっぱり命って、食べて、食べられて、ぐるぐる巡っていくものだから。それは、動物でも妖魔《ようま》でも一緒でしょう？　ただ、サイクルの長さが全然違うだけで」

「そうだな」

森は静かに頷《うなず》く。

「僕も、天本《あまもと》さんも、小一郎も、こうして他の命をもらって、ここまで大きくなったんだなって、式神が下等霊を食べているところを見ると、しみじみ考えちゃうんです。もらった命の分、ちゃんと生きなきゃ、そしていつか、胸を張って誰かに命を差し出せる人間にならなきゃって」

「……驚いた。君はずいぶん、哲学的なことを考えるようになったんだな」

本当に驚いた顔でそう言いながら、森は式神たちのほうへ向き直った。澱みはほとんど消え、紙の蝶たちは、ひと欠片《かけら》も残すまいと激しく辺りを飛び回っている。

「戻れ」

森が短く命じると、蝶たちは再びヒラヒラと森のもとに舞い戻り、次々と差し出した手のひらに落ちた。たちまち、黒い革手袋の上に、白い紙の蝶が山と積み上がる。まだまだ原始的な思考回路しか持たない新米式神たちだが、日頃、小一郎が厳しく躾《しつ》けているので、行動には見事に統率が取れている。

それらを無造作にポケットに収め、森は手袋を外した。パチンと指を鳴らすと、結界の役目を果たしていた四枚の札がはらりと落ちる。すぐさま、敏生がそれをすべて拾い集め、森に差し出した。

「はい。何だかあっと言う間にスッキリしちゃいましたね」

敏生から札を受け取り、森は頷いた。

「ああ。これで、ここに澱んでいた下等霊……かつては確かに生きていたのに、不慮の死によりここに運び込まれ、迷ってしまった哀れな魂たちも、君が言うように救われる。式神たちの中に取り込まれ、奴《やつ》らの中で再び生きることができるんだからな。そして、新しく運び込まれてくる遺体の魂たちが万一ここで迷ったとしても、下等霊の澱みに影響され、闇《やみ》に引きずり込まれることがなくなるだろう」

「でも、今はいったん綺麗《きれい》になっても、また……」

「心配ない」

敏生の肩をポンと叩《たた》くと、森はポケットを再び探り、また別の小さな札を取り出した。そこには「唵摩尼達哩吽撥吒」と書かれている。

それを階段の裏側、普段は決して人目につかない場所に貼《は》り付け、森は満足げに一歩下がった。

「これでいい。さすがにいつもここに結界を張っておくわけにはいかないから、妖し避《よ》けの札を貼っておこう。これで当分保《も》つはずだ」

「あ、なるほど。天本さんにはその手があったか」

敏生がポンと手を打ったとき、龍村が片手にバインダー、もう一方の手に発泡スチロール製の保冷ボックスを提げて戻ってきた。

「おう、すまんな。すっかり待たせちまった」

大股《おおまた》にエントランスに踏み込んできた龍村は、訝《いぶか》しげに森と敏生を見た。

「何をしとるんだ、お前らは。……うん？　解剖の後だってのに、妙に空気がいいな。何《な》故《ぜ》だろう」

　それを聞いて、今度は森と敏生が怪訝《けげん》そうな面持ちになる。敏生は、呆《あき》れ交じりの表情と声で、森に囁《ささや》いた。

「ホントに龍村先生って、鈍いんだか鋭いんだかわかんないですね」

　森も、複雑な表情で頷く。

「まったくだ。幽霊に見込まれる程度の霊感は持ちあわせているくせに、あんなに濃い下等霊の澱みには気付かない。そのくせ、いざ祓ってみると、ちゃんと違いがわかるときた」

「ホントに。ややこしいなあ」

　ヒソヒソと囁き交わす二人に、龍村は大きな口をへの字に曲げた。

「おい、人の眼前で内緒話はないだろう。何だ？」

「あんたの根本的な人間性について生じた疑念について、短い討論をしただけだ」

「……で、結果は？」

「よくわからん。……で、そっちはどうなんだ？　何か出たか？」

「あ……ああ。準備室で話そうか」

　もっと追及したそうな顰《しか》めっ面をしつつも、「左腕の女」関連の話を優先すべきだと判断したのだろう。龍村はそう言った。両手が塞《ふさ》がっている龍村のために、敏生が扉を開けてやる。

準備室の古い実験机の上に、龍村は保冷ボックスとバインダーを置いた。保冷ボックスにはきっちり蓋《ふた》がされていて、中を覗《のぞ》き見ることはできない。

森と敏生に向かい合って腰を下ろした龍村は、まずバインダーを開いた。

「ややこしいから、実名を出すぞ。この事件を片付けたら、速やかに忘れて他言はしないと誓ってくれ。いいな？」

「もちろん」

「お約束します」

森も敏生も、即座に真剣な顔で頷く。

「よし。事故で死んだ男性は、矢部真二郎《やべしんじろう》氏、当時四十五歳。職業は塾講師。事件当日の午後十一時過ぎ、近所のコンビニから帰宅途中、こちらは職場から帰宅途中の会社員が運転する乗用車に衝突され、地面に頭部を強く打ち付けたことによる脳挫傷《のうざしょう》が原因で死亡。ほぼ即死と考えていい。このあたりは、昨夜軽く説明したよな？」

二人が頷くのを確かめ、龍村は話を続けた。

「事故状況は、青信号で横断歩道を横断していた矢部氏に、右折してきて矢部氏に気付かなかった会社員の乗用車がかなりのスピードで衝突したというものだ。おそらく、フロントフェンダーと矢部氏が不幸にも重なって見えなかったんだろうと警察は推測していたようだな」

じっと耳を傾けていた森は、右の親指で顎《あご》を、残りの指でこめかみを支えるという器用な頬杖《ほおづえ》をつき、訊《たず》ねた。

「つまり、被害者の矢部氏にはまったく責任のないシチュエーションだな？」

龍村はハッキリとそれを肯定する。

「そのとおりだ。会社員のほうも、全面的に自分の不注意だと責任を認めている」

「ふむ。会社員と矢部氏に面識は？」

「まったくない。そこは警察もきちんと調べている。怨恨《えんこん》の可能性は一切ないよ。人ひとり死んでいるのに不謹慎な言いぐさだが、敢《あ》えて言うなら、非常にシンプルな交通事故だ」

「ふむ……」

「捜査資料を見返してみたんだが、やはり矢部氏は独身で兄弟なし、両親もすでに死去している。遺体を引き取ったのは、伯父にあたる人物だ。矢部氏の唯一の親族と呼べる人間だったようだ」

「なるほど。矢部氏の財産と共に、遺体も引き取ることになったわけか」

「うむ。まあ、財産ではなく、負債かもしれないがな。それは僕らの知ったことじゃない」

敏生は、両手で頬杖をつき、指で頬をパタパタと叩きながら言った。

「うーん。どっからどうしても、あの『左腕の女性』とは繋《つな》がらなそう、なんですよね？」

だが、龍村は「それが、だな」と身を乗り出した。どうも、昨夜とは違い、新たな発見があったらしいと察して、敏生は頬杖から顔を上げる。

「何かわかったんですかっ？」

「いや。わかったというほどのことじゃないし、『左腕の女』との関連はまったく見えないんだが、矢部氏について、ただ一つだけ不思議な点が見つかった」

「っていうと？」

龍村は、解剖記録とは別のバインダーを出して、自分の前に開いた。

「こっちに、採取したサンプルの詳細を症例ごとに記録していくんだ。で、さっき見せたように、諸臓器は採取してある。特に脳は死因に直結した臓器だから、別容器で丸ごと保存だ。それから、アルコールや薬物は交通事故の場合、ルーティーンで調べるから、そのために血液と尿も十分量採取してある」

「それが、何か不思議なのか？」

むしろ自分が不思議そうに訊ねる森に、龍村は片手を振った。

「そうじゃない。続きがある。これを見てくれ」

龍村はそこで初めて、サンプル一覧表のバインダーを森と敏生のほうに向けた。太い指が示す箇所には、「胃内容」と書かれていた。

敏生はそれを声を出して読み、首を傾《かし》げる。

「胃内容……？　それって、食べた物ってことですか？」

龍村はいかにも解剖のプロらしく、明快に解説した。

「そうだ。胃の内容物は、胃を開いたときに真っ先に採取する。毒物摂取が疑われるときはサンプルを取るが、普通は水に通して、内容物が何か、どのくらい消化が進んでいるかを確認し、記録を取ってそのまま廃棄するものだ」

森も、頰杖を外し、その手で人差し指を立てた。

「ということは、矢部氏は毒物を摂取していた？」

「ところが、違うんだな。そんな検査はしていない」

「……では、何のために胃内容を採取した？」

「僕も不思議に思ったんでな、解剖記録と照らし合わせてみた。すると……」

龍村は、解剖記録のページをめくり、あるページを二人に見せた。敏生は亀《かめ》のように首を伸ばし、書記がまるで速記のように癖《くせ》のある文字で書き殴った記録を見た。

「うう、読みにくいなあ。僕も、字の綺麗さに関しては人のこと言えないけど」

「はは、すまん。解剖する僕らは、好き放題なスピードで所見を言うもんでな。書記はひとりでてんてこまいなんだ。悪く思わないでやってくれ。……見てほしいのはここだ。胃内容が詳細に書いてある」

今度は森がその記載事項を読み上げた。

「胃内容、五百ミリリットル。内容物は、中程度に消化された白飯、軽度消化された肉片、中程度消化されたタマネギ、ニンジン、ジャガイモ、カレーの臭気あり。……なるほど。こんなふうに、生前に食べたものを推定するわけか」

「うむ。だが、別に『隣の晩ごはん』っぷりに感心してほしいわけじゃない。その続きが問題だ」

「続き……プラスチックの輪、色は黄緑、直径一・七センチメートル。……何だって？」

敏生も目を見張った。

「プラスチックの輪っか？　胃の中に？」

龍村は苦笑いとも顰めっ面ともつかない複雑な顔の歪《ゆが》め方をして、頷いた。

「ああ。不思議だったんで、教授に電話して訊ねてみた。しばらく思い出せないようだったが、プラスチックの輪と聞いて思い出したよ。現場でも皆不審がったが、文具でも玩具《がんぐ》でもなさそうだし、それが何か誰にもわからなかった。とはいえ、まあ、死因に関係することでもなし、警察も教授も、とりあえずサンプルとして保存するだけしておいて、今は気にしないでおこう……という結論に達したそうだ」

「そして、そのまま忘れていたということは、結局そのプラスチックの輪は、何ら問題にならなかったというわけだな？」

森の言葉に、龍村は頷いた。そして、ゴム手袋を塡めると、ずっと置きっぱなしだった保冷ボックスの蓋を開けた。

中には、ぶ厚く砕《くだ》いた氷が敷き詰められていた。その中にほぼすべて埋もれるようにして、大振りのプラスチックのボトルが入っている。龍村は、それを慎重に取り出した。

半透明のボトルの中には、何か茶色っぽいものが容量の七割ほど入っている。どうやら、カチコチに凍っているようだ。

「これが、その胃内容だ。ほら、こちらを向けると、壁越しに透けて見えるだろう。これがどうやら、プラスチックの輪のようだな」

龍村はすぐに凍り付くボトルの表面を手袋の手で擦《こす》り、二人にプラスチックの輪を示した。二人が頷くと、すぐにボトルを氷に埋め直してしまう。

「……で？」

森が続きを促すと、龍村はアメリカ人も顔負けの大仰さで両手を広げ、肩を竦《すく》めてみせる。

「敢えて他の症例と違うところを見つけろと言われても、現時点ではそれだけだ。他には本気で何もない」

「ええー?」

敏生の情けない声が、森の心情をも正確に代弁している。龍村は、気まずそうに手袋を外しながら二人に詫《わ》びた。

「いや、すまん。ガッカリなのはわかるんだが、僕とて、お手上げなんだ。これ以上どうすりゃいいいやら」

森は、気分を切り替えるように深く嘆息してから言った。

「とにかく、さっきの臓器標本以外のものをここに並べてくれ。あるもので試してみるより他がない」

「わかった」

龍村は席を立つと、再び標本室へ行き、さっきの臓器標本の容器と同じ円筒形の、しかし二回り大きな容器を両手で抱えて戻ってきた。

中には、これまたホルマリン漬けの脳がどんと入っている。脳挫傷が死因だけあって、黄色がかった灰色の大脳の一部が大きく損傷しているのがいまだに生々しく、敏生は思わず目を背けた。

「これが脳。それから……」

龍村は再び手袋を嵌め、保冷ボックスを開けた。そして脳の容器の隣に、まずは胃内容のプラスチックボトルを、さらにその横に、かなり小さな別のプラスチックボトルを二つ置いた。一つには半分ほど赤いものが、もう一つには同じくらいの量の黄色いものが入っている。

「さっきの胃内容。それから血液と尿だ。衣服や持ち物は、すでに遺族に返却されているから、矢部氏について、手持ちのサンプルと呼べるものはこれだけだな」

「わかった。これは、しばらく出しておいて大丈夫か？」

森の質問に、龍村は広い肩を揺すった。

「まだ検査が必要なサンプルなら、冗談じゃないと言うべきだが、これについては構わんよ。もう終わった事件だしな」

「終わった事件でも、サンプルってこうして全部残しておくんですか？」

敏生の素朴な問いにも、龍村は嫌がる素振りもなく答えた。

「一応、保存が義務づけられる年数は決まっているが、少なくともうちでは、置けるだけは置いているよ。このご時世、いつ再鑑定、再審査になるかわからないし、遺族の方の了承を得ているから、必要とあらば比較サンプルとして使わせてもらうこともできるからな」

「ああ、なるほど」

納得して何度も頷いた敏生に、森は静かに問いかけた。

「敏生。体調は？」

短い問いだったが、敏生には森の意図がハッキリ読めているらしい。ニッコリ笑って頷いた。

「大丈夫ですよ。やれます」

龍村は、太い眉をひそめた。

「何だ？　琴平《ことひら》君に何をやらせる気だ、お前？」

森はさっきの革手袋を嵌めながら、こともなげに言った。

「憑坐《よりまし》を。今日はその準備を整えてきた」

龍村は、仁王の眼を剝《む》く。

「何だって？　じゃあお前、あの『左腕の女』を、琴平君に乗り移らせるつもりなのか？」

「ああ。もう、みずから全身を現すのは難しいようだし、声も弱い。手持ちの資料から、矢部氏と『左腕の女』の関連を見つけるのが難しいなら、やはり本人に語ってもらうしかあるまい。そのためには、憑坐を使うのがいちばん早い。消えかかっている魂でも、憑坐の身体《からだ》を通じてなら、十分に語ることができるはずだ」

「な、なるほど。しかし……」

敏生が拉致《らち》監禁の後、モルヒネの離脱症状で苦しんでいたとき、主治医として敏生のケアに当たった龍村だけに、いまだに彼の体調が心配で仕方がないらしい。医師の顔で渋る龍村に、敏生は屈託のない笑顔を向けた。

「心配しないでください、龍村先生。今回のあの女性は、強烈な憎しみとか怒りを持ってるわけじゃないので、僕にかかるダメージはそんなに大きくないと思うんです」

「だがな、琴平君」

「大丈夫です。無理をしないように、天本さんがちゃんとコントロールしてくれますし。……それに、いつまでも腫《は》れ物に触るみたくされると、僕、何だか困ります」

敏生の言葉に、龍村は苦笑いで頭を掻《か》いた。

「そうか、そうだな。すまん。つい、君のことは過保護にしたくなっちまっていかんよな。これじゃ、天本を笑えない。……では、よろしく頼む。くれぐれも無理はしないように」

「はいっ」

敏生は明るい声で約束すると、森に向き直った。

「じゃあ、お願いします、天本さん」

「……ああ。では、始めよう。ああ、ただし龍村さん。敏生を憑坐にできるのは、彼女が……『左腕の女』が、それを望んだ場合だけだ。そこは了承してくれよ」

「わかった。僕はどうしていれば？」

「少し離れたところで座って見ていてくれ。敏生の声が聞こえる程度の距離でいいから」

「了解した」

龍村は、テーブルより少し離れたところに椅子《いす》を置いて座る。敏生はテーブルに向かい、目の前にサンプルがズラリと並ぶ場所で深く椅子に掛けた。

森はそんな敏生の傍らに立ち、敏生の頭にポンと手を置いた。

「緊張するな。身体の力を抜いていろ。……目を閉じて」

「はい」

もう何度も憑坐を務めているのに、森はいつも必ず最初にそう言う。だが、その儀式めいたフレーズを聞くと、敏生のほうも不思議なほど気持ちが落ち着いてくるのだった。

敏生は静かに深呼吸して身体から余計な力を抜いた。椅子の背もたれに身体を預け、両手を腿《もも》の上にダランと下ろす。

目を閉じると、森の手が、意識を集中する箇所を教えるように、頭から眉間《みけん》に滑り、そして離れた。

じっと見守る龍村の視線を感じつつ、森は左手を素早く動かし、九字を切った。そうして空間を清めておいてから、いつもよりずっと低い、厳かな声でゆっくりと詞《ことば》を唱え始めた。

「ひと　ふた　みい　よう　いい　むう　なな　や　ここのたり……」

（そういや、以前どっかで同じような場面に居合わせたな……）

そう思いながら、龍村は森と敏生、交互に視線を向ける。視覚的には室内の何一つ変わったり動いたりしていないのに、空気がピンと張り詰めてゆくのがわかった。

「ふるべゆらゆら……ふるべゆらゆらとふるべ……」

確かにそれは森ひとりの声のはずなのに、まるで、ひとりの人間が二声、あるいは三声を同時に発するホーミーの歌声のように、二重にも三重にも分かれて聞こえる。複雑に共鳴しながら、彼の唱える詞は準備室に響き渡り、反響し、消えずにグルグルと室内を回り続けた。

徐々に、森の声は言葉ではなく、何か奇妙な音の洪水のように聞こえるようになった。

「…………」

それを聞いているうち、ごく自然に敏生の意識は深層へとゆっくり沈んでいく。彼の身体が、迎え入れようとしている「左腕の女」に対して無防備に開かれた状態になったのである。

いったんそうなってしまうと、敏生は自分の意志で指一本動かすことすらできなくなる。術者である森を心から信頼していないと、憑坐はとても務まらない危険な役割なのだ。

（あ……来た……）

温かな湯の中をたゆたっているような気分で、敏生はぼんやりと、何ものかが自分の身体の中にスルリと入り込んできたのを感じた。

その瞬間こそ緊張したが、すぐに、敏生の心は平らかになる。侵入者が、敏生に害意をまったく持たず、むしろ遠慮がちにそっと入ってきたのがわかったからだ。

しかもその気配は、敏生が昨日感じたのと同じ、「左腕の女」のそれだった。

龍村だけでなく、森と敏生も彼女の力になりたいと思っていることを、理解してくれたらしい。森の招きに応じ、彼女はおそらくは渾身《こんしん》の勇気を振り絞り、敏生の身体に降りてきたのだ。

（いいですよ。僕の身体を使って、言いたいこと、全部言ってください）

敏生は彼女を励ますように、声を出さずにそう呼びかけた。彼女が身体を使いやすいように、努めて自分の意識をさらに深く沈める。

じっと待っていた森と龍村は、敏生がゆっくりと目を開いたのを見て、ハッと息を呑《の》んだ。「誰か」が降りた証拠に、敏生のいつもは鳶色《とびいろ》の瞳が淡いすみれ色に変じ、微光を放っている。

『……ア、サミ……』

薄く開いた血の気のない唇が動き、たどたどしい声が漏れた。

森は、極めて静かで穏やかな声で問いかける。

「アサミ。それが君の名前か？　君は、ずっと龍村さんにアピールしてきた『左腕の女』

だな？」

『ソ……ウ』

「君と矢部氏には何か関係があるのか？　そして、君は龍村さんに何を望んでいる？」

『…………』

答えない女性……アサミを諭すように、森は淡々と問いを重ねた。

「俺たちも、独自で調査はしたが、どうにもわからない。だからこんな手段を取った。君の残留思念が下等霊に堕《お》ちる前に、君の力になりたい。何が君の魂を、死後も現世につなぎ止めている？」

『…………』

やはりアサミは答えず、ゆっくりと左腕を持ち上げた。敏生の意識が引っ込んでいる以上、その行動はアサミの意思によるものであるはずだ。

森は軽く眉をひそめた。

「左腕……か。君が龍村さんに見せたのも、左腕だそうだな。いったい、左腕に何があるというんだ？　君は何を俺たちに伝えようとしている？」

『ミツケテ。カエシテ』

アサミはやはり要領を得ない要求を繰り返す。

「くそ、憑坐を使っても、もはや十分なセンテンスを話せないほど、思念が衰えているのか」

森はさすがに苛立《いらだ》った呟きを漏らした。いくら敏生が大丈夫だと言っていても、やはり憑坐は心身に負担がかかる。できるだけ早く切り上げてやりたいと森は考えていた。

だが今のままでは、敏生の献身がまったくの徒労に終わってしまいかねない。

（誘導尋問のような真似は避けたかったんだが……）

仕方なく、森は具体的な事柄を口にした。

「それは、矢部氏が君から何かを奪ったということか？　それを我々に見つけて、返してほしいと？」

『ヤベ……サン、ワルクナイ』

「何だって？」

思わず龍村は声を上げ、森にジロリと睨《にら》まれて慌てて両手で自分の口を塞《ふさ》ぐ。

『アイシテ……クレタ。ワタシ……ノ、ゼンブ、カレ、ト、イッショ』

「君の全部が彼と一緒……？　君が彼の恋人だったのは確かなんだな？」

敏生の小さな顎がゆっくりと上下する。

「では、君が求めているのはいったい何だ？　ここに、さっきの臓器標本以外のすべてのサンプルがある。君が要求しているものは、ここにあるのか？」

思わず苛立ちが混じる森の問いかけに、アサミはか細い声……敏生の声で答えた。

『アカシ。タッタヒトツ、ダイジ、ナ、モノ』

「たった一つの大事なもの……そして、証？」

『オネ……ガイ……』

そう言い終えると、敏生の左手がぱたりと机に落ちた。それと同時に、それまで椅子にもたれていた敏生の上体が、ガクリと前のめりになる。机に激突する寸前で敏生の額を受け止めた森は、フウッと深い息を吐いた。

「抜けたか」

「抜けた？　彼女は消えたのか？」

「ひとまずは」

それを聞くと、龍村はすぐさま立ち上がり、敏生に歩み寄った。慣れた手つきで手首を摑《つか》み、脈を取って安堵《あんど》の表情になる。

「意識がないだけで、身体には異状はないようだな」

「心配性だな、あんたも。大丈夫だよ。あまり案じすぎると、敏生にはプレッシャーになってしまうぞ」

「それはわきまえているつもりなんだがな……」

「わかっている。あんたは敏生の主治医だものな。だが、こっち方面のことは、俺の担当だ」

森は苦笑交じりにそう言うと、慣れた様子で敏生の背中をパンと強めに叩いた。

「ん……う、うう……？」

その刺激が、深い場所に沈んでいた敏生の意識を引き上げ、覚醒《かくせい》状態に戻す。森に支えられ、ゆっくりと身を起こした敏生は、パチパチと瞬きし、ホッと息を吐いた。

「あんまり静かに出て行かれたせいで、かえって元に戻りにくかったかも。ああ、ビックリした」

そう言った声が存外元気なのに安心して、龍村は敏生に訊ねる。

「気分は悪くないな、琴平君？　水でも飲むかい？」

「できたら、少しだけ。……あ、でも、あの、それより！」

流しに行こうとした龍村を呼び止め、敏生は目の前の大ぶりなプラスチックボトルを指さした。

「あの……これ、溶かすかほじるか、できませんか？」

「何だって？」

龍村は慌ただしく戻ってきて、敏生の顔とプラスチックボトルを見比べる。

「これは、胃内容のボトルだぜ？　いったい何をほじり出そうって言うんだい？」

敏生は、半透明のボトルの壁ごしに見える、黄緑色のリングらしきものを指さした。

「これです。あの……言葉にはできなかったみたいですけど、短い間でも同じ身体を分かち合っていると、相手の思念が少しは僕にも伝わるんです。アサミさんがほしいもの……たった一つ、大事な『証』って、このプラスチックのリングみたい」

森は片眉だけを器用に上げた。

「それは確かか?」

敏生は頷き、自分の左手薬指に指輪を嵌める仕草をしてみせた。

「そのリング……アサミさんのここに嵌まってたものみたいです。だからこそ、指輪を求めて、最後まで左腕だけは『幽霊』の姿で龍村先生に見せて、訴えてたんですよ」

「プラスチックのリングを……エンゲージリングか結婚指輪みたいに、左手薬指に? そんなチャチなものをかい?」

龍村の疑問に、敏生はきっぱりと頷く。

「どんなに安っぽくても、アサミさんにはとっても大事なものなんです。たぶん、矢部さんにもらったものなんです」

「ということは、矢部氏とアサミさんは恋仲だったと?」

「たぶん」

敏生が頷いたので、龍村は何とも言えない顔つきでしばらく首を捻《ひね》っていたが、やがて、戸惑いながらも言った。

「むむ……。なるほど。冷凍サンプルは、重い蓋つきのフリーザーに入っている。アサミ嬢も、僕にそのサンプルを指し示すことができなかったというわけだな。それで、扱いやすい臓器標本を棚から落として、僕に矢部氏の症例番号を教えた」

「ええ」

「ふうむ……。胃内容を全部溶かすと、再冷凍したとき、組織の破壊が激しすぎる。長年綺麗に保存したサンプルをむざむざ駄目にするのはしのびないから、無理矢理ほじくり出してみようか。それがいちばん、研究者として良心が痛まない方法だ」

　森もそれにあっさり同意し、立ち上がった。

「では、さっそく取りかかってくれ。その間に、敏生を十分に休ませるから。……敏生。何か甘い飲み物でも買ってきてやるから、何なら椅子をくっつけて横になっておけ」

「今回は、そこまでクタクタじゃないですよう。でも、甘い物はうれしいな。……ええと、できたら飲み物じゃなくて、アイスが食べたいです」

　少し青い顔をしているものの、敏生がいつもの食いしん坊ぶりを発揮したことで、安心したのだろう。森は微笑して頷いた。

「了解した。龍村さん、売店は？」

「病院棟の三階だ」

「わかった」

　森は財布片手に出て行き、龍村も、他の必要のないサンプルを先に元の場所に戻すべく準備室を去った。

ひとり残された敏生は、さっきよりは浅い溜《た》め息《いき》をつき、そっとテーブルに上半身を伏せた。冷たい天板に、少し熱っぽくなった頰を押し当てる。

その視線は、別容器に氷を入れ、そこに入れ換えられた胃内容のボトルに向けられている。

「……ホントにホントに……そうなのかなあ……うーん……」

彼にしかわからない呟きは、どこか心細そうに虚空《こくう》に消えた……。


それから三十分ほど後……。

ガシガシと固いカップアイスを削って食べながら、敏生はニコニコ顔で森に言った。

「ミルクティ味のアイスなんてあるんですね。すっごく美味《おい》しいですよ。天本さんも一口食べます？」

傍らで、すっかり顔色が戻りつつある敏生を見守っていた森は、米酢でも飲まされたような顔つきでかぶりを振る。

「いや、結構。というか、この状況でものが食える君が俺は信じられ……いや、君だからこそか。そうだな」

後半はげんなり、それでも納得の口調で言い、森は龍村に視線を移した。

二人の向かいでは、龍村もステンレス製の柄の長い薬匙《やくさじ》を握り、カチカチに凍った胃内容からプラスチックの輪だけを掘り出そうと奮闘している。

「何とかなりそうか、龍村さん」

森の問いに、龍村は手を休めず、顔も上げずに答えた。

「幸い、上のほうにあるんでな。どうにかこうにか」

「……頑張ってくれ」

似たような作業に没頭している二人ともに向けて、森は力なくそう言うしかなかった。

龍村が、「よおし！」と明るい声を上げたのは、それからほどなくしてのことだった。

「取れた！　取れたぞ」

龍村はピンセットをボトルの中に入れると、本職らしい鮮やかな手つきでプラスチックの輪をつまみ出した。アイスクリームを食べ終わって、すっかり元気を取り戻した敏生は、「わあ！」と歓声を上げて手を伸ばそうとした。森が、それを慌てて手首を摑んで止める。

「馬鹿《ばか》、胃内容にまみれたものを素手で触ろうとするな！」

「あ……ご、ごめんなさい、つい」

「わはは、彼女としばらく同じ身体の中で過ごしたんだ、こいつを求める彼女の情熱が、琴平君にも移っちまったんだろ？」

「そうみたいです」

　敏生は舌先をちろりと出してみせる。龍村は、ガラスのシャーレにプラスチックの輪を入れると、それをシンクに運んだ。

「だが、ちょっと待ってくれよ。さすがにレディに差し上げるには、こいつは薄汚れすぎなんでな」

　まずは水洗い、その後、エタノールで何度か洗浄し、ようやくプラスチックのリングは汚れを落とされ、鮮やかな黄緑色を呈する。キムワイプでそれを綺麗に拭《ふ》き上げてから、龍村は森と敏生を見た。

「で？　これをどうやって、『左腕の女』、いやアサミ嬢に差し上げればいいんだ？」

　敏生はあっさり言った。

「呼べばいいんですよ」

「呼べば？」

「はい。アサミさんは、龍村先生に助けてほしいって最初に呼びかけたんですから、龍村先生が彼女のただ一つの望みを叶《かな》えてあげてください」

「……呼ぶ、か」

　森も頷く。

「心の中で呼びかけるだけで十分だろう。彼女は、あんたが自分の望むものを持っていることを感じ取れるはずだ」

「わ、わかった。ううむ、どっちを向いて呼べばいいやらわからんと、落ち着かないな」

龍村ほど剛胆な男でも、慣れないことをするときには緊張するものらしい。その手にしっかりとプラスチックのリングを握り締め、落ち着きなく視線を準備室内に彷徨《さまよ》わせる。

（アサミさん。さっき、僕の中であなたが凄《すご》く欲しがってた、プラスチックのリング……龍村先生が取り出してくれましたよ？）

敏生も、心の中でそっと呼びかける。

しばしの沈黙の後、敏生が「あ」と小さな声を上げた。

「ぎゃっ」

龍村も驚きの声を上げる。おそらくどこかの壁面から出るだろうと予測していた「白い左腕」が、いきなり黒いテーブルの天板からニュッと生えたのだ。

「……龍村さん」

椅子に掛けたままの森は、欠片も動じる様子を見せず、硬直する龍村を促す。

「う、う、うむ」

龍村はゴクリと生唾《なまつば》を飲み込み、震える左手を何度か握り込んでから、「失礼、お嬢さん」と言って、机から生えたたおやかな手を取った。冷却された遺体の温度に慣れたはずの龍村がゾッと身震いするほどの、冷たい手だった。

「その……何だ、君のヘルプコールに気付くのが遅くて申し訳なかった。綺麗にしたから、受け取ってくれたまえ。ええと……この指でいいんだよな？」

アサミに語りかけながら、龍村は実にぎこちなく、プラスチックの輪をアサミの左薬指に押し込む。それは確かに、彼女の指にぴったりと嵌まった。

指輪の感触を確かめるように、龍村の手のひらの上で、アサミの左手が軽く握ったり開いたりする。幽霊の手のはずなのに、それは確かな質量を持っていて、龍村を戸惑わせた。

「気……気に入ったかな。五年も胃内容と一緒にガチガチに凍ってたんだ。変質してないといいんだが」

『ウレシイ……』

確かにそんな細く澄んだ声が、森と敏生、そして龍村の耳にも届いた。そして……。

「！」

龍村は息を吞んだ。ふっと手のひらが軽くなったと思うと、アサミの白い腕は、鮮やかな黄緑のリングごと彼らの目の前でかき消えたのだ。

「き……消えた、ぞ？」

消滅の意味を問うように、龍村は森と敏生に言葉を求める。森は、龍村に頷いてみせた。

「彼女の残留思念が消えた。わかりやすい言葉で言えば、ずっと切望してきたものをあんたに与えられ、満足してようやく成仏したということだ」

「そうか……」

龍村は深い息を吐き、ようやく安堵したように、どっかと椅子に腰を下ろした。

「そりゃよかった。僕が恨まれてたわけじゃないとはいえ、頼ってきた女性を失望させるのは、僕の主義に反するからな。……とと、ちょっと待ってくれよ。リングをほじり出すのに熱中しすぎて忘れていたが、そもそも、何だって彼女の薬指にあったはずのリングが、矢部氏の胃内にあったんだ？　というか、矢部氏とアサミ嬢が恋仲だったらしきことは推測できるが、矢部氏は単独で交通事故死だ。じゃあ、アサミ嬢はどうして死んだ？　どうにもスッキリせんぞ」

ようやくアサミを成仏させることができて、本来の法医学者としての頭脳が回転し始めたらしい。

森も、腕組みして言った。

「当然の疑問だな。そこは俺としても知りたいところだ。……で、君は何か知っているんじゃないのか、敏生。さっきからずっと、妙な目つきをしているぞ」

「妙な目つきって、酷《ひど》いなあ」

抗議しつつも、敏生の目は、やはり胃内容のボトルをチラチラと見ている。

「さっき、アサミ嬢が降りてきたとき、リングのこと以外にも何か伝わったのかい、琴平君？　知っていることがあるなら、教えてくれ」

敏生は言いにくそうに、どこか心配そうに龍村の顔色を窺《うかが》いながら言った。

「あのう……。これ、たぶん、矢部さんの死因にはまったく関係ないですよ？　だから、法医学教室の人には関係ないっていうか、何ていうか」

龍村は、敏生の物言いに不可解なものを感じ、太い眉をひそめる。

「どういうことだ？　それを言うなら、アサミ嬢に関《かか》わった時点ですでに越権行為だ。どうせなら彼女についても、業務に直接の関係がなくてもきちんと知っておきたい」

「……めんどくさいことになるかもですけど、いいですか？」

「構わんさ。ここで言ってくれないと、僕は気になって夜も眠れんよ。頼むから言ってくれ」

「ええと……その、さっき、僕が憑坐になったとき、彼女がこう言ったの、覚えてますか？　『ワタシ……ノ、ゼンブ、カレ、ト、イッショ』って」

龍村の視線が、記憶を辿《たど》るように天井を彷徨《さまよ》う。彼はごつい顎を撫《な》でながら頷いた。

「うむ。確かにそんなことを言った気がするな。ずいぶん仲のいいカップルだったようじゃないか。それが？」

「えっと……それ、仲良し以上に、そのまんまの意味なんです」

「…………あ？」

「だから、うう、それ」

敏生は胃内容のボトルを指さした。

「解剖記録に書いてありましたよね。『軽度消化された肉片』って。だから、その、それが……」

森はどうにも鬱陶《うっとう》しそうな顔でボトルから顔を背け、敏生の言わんとすることを理解し始めた龍村の四角い顔は、ビキビキと音がしそうな勢いで強張《こわば》っていく。

「まさか……本当に、彼女のすべてを……食った、のか……？」

敏生はどこか申し訳なさそうに頷く。

「たぶん」

しばらく放心していた龍村は、ハッと我に返り、胃内容のボトルの蓋をしっかり閉め、氷の中に戻した。そして、厳しい声で言った。

「すぐに胃内容を詳しく分析する。こりゃあ、単純な交通事故の裏に、もう一つ事件が隠れてた可能性が大だ。結果次第では、所轄署に連絡せにゃならん。……すまん、二人とも。大いに助けてもらっておいて何だが……」

「構わんさ。どうせ、この件が片付いたら帰るつもりだったんだ。このまま家に戻るよ。

荷物と絵は、夜にでも小一郎に持たせてくれ」

　森はそう言って立ち上がった。敏生も、「こう言うのも変ですけど、頑張ってください」と、まだいささか心配そうに龍村に声を掛ける。

「うむ。幽霊は守備範囲外でまごつくばかりだったが、カニバリズムはまさに僕のエリアだ。多少驚かされたし、関係者が二人とも死亡してはいるが、真実を明らかにしてみせるぜ。また、報告する。じゃあな。気をつけて帰ってくれ！」

　厳しい声でそう言うが早いか、龍村は胃内容の入った保冷ボックスと解剖記録のバインダーを抱え、足早に準備室から出て行った。

「ようやく、龍村さんらしい面構えになったな。……さて、こんな場所に長居は無用だ。帰ろうか、敏生」

　森にそう言われて、敏生も椅子から立ち上がった。

「そうですね。僕らにやれることは終わって、あとは龍村先生のお仕事だし。……ああでも僕……三日くらいカレー食べられなくなりそう」

「三日で済むのか、君は……！」

　軽い足取りで戸口に向かう敏生の小さな背中を、森はあり得ない珍獣を見るような顔つきで見やったのだった……。

＊　＊

それから一週間後の夜。

いわゆる「式神タクシー」で天本家の居間にやってきた龍村は、いささか疲れた顔をしていた。敏生は心配そうに龍村に歩み寄り、ソファーを勧めながら問いかけた。

「龍村先生？　何か、具合悪そうですよ？　大丈夫ですか？」

「やあ、琴平君、天本。二人は元気そうで何よりだ。僕は、久々の式神タクシーで若干酔っただけだよ。相変わらず小一郎の奴、必要以上に僕を荒っぽく扱ってくれる」

そう苦笑いしつつ、龍村は自宅同然に慣れた天本家のソファーに腰を下ろした。

「何か飲むだろう？　あんたのように気の利いたカクテルは作れないが」

森はそう言ったが、龍村は珍しく片手を振ってそれを断った。

「いや。飲み食いは、話が終わってからのほうがいいだろう。デリカシー的な意味でな」

「ああ……なるほど。そうだった」

そこで森は手ぶらのままで台所から居間にやってきて、龍村の向かいのソファーに腰掛けた。敏生も、その隣に座り、期待と不安が混じり合った目で龍村を見る。

「ということは、先日のアサミさんの件が片付いたわけだな？　で、律儀に報告に来てくれたと」

ジャージ姿の龍村は、鑑定医らしくキビキビした口調で話し始めた。

「ああ。各段階で報《しら》せるよりは、すべてまとめて話したほうがいいだろうと思ったのでな。……胃内容から言えば、琴平君の言うとおりだ。矢部氏の胃内容にあった『軽度消化された肉片』は、分析の結果、人肉と判明した。すぐに所轄署が捜査を開始したが、さすがに矢部氏の死亡から五年が経っている。伯父も矢部氏の所持品はほぼ処分してしまっていてね。ただ、かさばらない講義用ノートの類《たぐい》は、供養の意味もあって、仏壇の下の抽斗《ひきだし》にしまっておいたそうだ。その中に……矢部氏の日記が紛れていて、すべてが判明した。アサミ嬢の正体も含めてな」

敏生は興味津々で先を促す。

「アサミさん、どういう人だったんですか？」

「アサミ嬢の本当の名は、日浦亜佐美《ひうらあさみ》。矢部氏が事故死する約一年前に、矢部氏宅で死亡したようだ。死亡時の年齢は二十三歳」

「ふむ。矢部氏宅で死亡ということは、彼と恋仲で、しかも同居していたわけか」

森の推測に、龍村は頷く。

「ああ。アサミ嬢は、かつて学習塾で矢部氏の教え子だった。矢部氏とは彼女の死亡二年前に、スナックでホステスと客として再会し、そこから交際が始まった。矢部氏の日記によれば、再会からほどなく同居に至ったようだ。幸い、矢部氏は筆まめな人物だったらしくてな。僕も見せてもらったが、ほぼ毎日、日常のことを書き残しているんだ」

敏生は、小首を傾げて龍村に問いかけた。

「それで、アサミさんに何があったんですか?」

「日記によれば、同居を始めて二ヵ月後、アサミ嬢が体調不良を訴えた。それでも数ヵ月我慢してようやく受診したところ、進行した胃癌《いがん》と診断された。即、手術を受けたが癌は取りきれず、彼女の希望で、残された日々を自宅療養で過ごすことに決まった」

敏生は気の毒そうに幼い顔を曇らせる。

「それで……矢部さんのお家《うち》で亡くなったんですね、アサミさん」

龍村は重々しく頷いた。

「病院には、死亡の半年前から行っていない。アサミ嬢がどうしても行きたがらなかったと矢部氏は書き残している。……彼はずいぶん献身的に看護したようだが、アサミ嬢は病には抗《あらが》えず、亡くなった。あの黄緑のプラスチックリングは、日記によればまだアサミ嬢が出歩けた頃、一緒に出掛けた花火大会の夜店でゲームをして、矢部氏が景品としてもらったものだったらしい。豪華な指輪など要らないとアサミ嬢は言っていたそうだが、そのリングは最期まで大事に左手薬指につけていたそうだ」

「貴金属は、ホステス時代にもう飽き飽きしてしまったのかもしれないな。……それより、二人の楽しかった思い出が宿るプラスチックリングが、何より大事だったんだろう」

森の言葉に、敏生も深く頷く。

「アサミさん、亡くなっても、ずーっと想いを矢部さんの元に残していたんですね。そして、矢部さんは……」

「うむ。アサミ嬢の遺言は、『私のすべてをあなたに』だったらしい。彼はそれを忠実に守り、本気で彼女のすべてを……食べた。彼女の遺体を浴室で解体して、食べられる部位は小分けにして冷凍した。食べられない部位は自宅の庭に埋めた……こいつは所轄署によって、すでに発掘済みだ」

龍村の普段は快活な声も、さすがに沈んでいる。二人が何も言わないので、龍村はそのまま話を続けた。

「日記には、彼女をどんなふうに料理して食べたか、克明に綴《つづ》られていたが、それをいちいち説明しなくてもいいだろう？　さすがの僕も、あれを読んでから数日は、飯が喉《のど》を通りにくかったからな」

「……参るな。あんたも数日レベルなのか」

「あ？」

「いや、こっちの話だ。すまない。続けてくれ」

森はうんざりした様子でかぶりを振る。龍村は不思議そうにしながらも、頷いて説明を続けた。

「彼は、彼女の遺言を守り、律儀に一年かけて彼女を食べ尽くしたんだ。最後のメニューは、カレーライス……そう、それがいみじくも、彼が人生で最後に食べた食事となった」

「プラスチックリングは？　あれはさすがに、一緒に煮込めば溶けてしまっていただろうに」

「あれは、最後の最後に取っておいて、水で流し込んだんだそうだ。矢部氏にとっても、大切な思い出の品だったんだろうな」

「なるほど……」

「彼は、彼女をついにすべて自分の血肉にできた喜びを日記に綴り、普段酒を飲まないのに、祝杯を上げるべく、酒を買いにコンビニに行き……交通事故に遭って死んだ」

「……皮肉な話だな。宿願成就の夜に命を奪われるとは。彼の魂は、納得ずくで成仏したんだろうが……アサミさんの魂は、死後もずっと彼の傍らにあり、しかも彼と共に行くことができなかった。あまりにも、大切なプラスチックリングに想いを残しすぎていたんだな」

「……可哀想」

森の言葉に、敏生もぽつりと呟く。おそらくは無意識に寄り添ってくる敏生の体温を感じつつ、森は静かに言った。

「なるほど、そういうことか……。互いに深く想い合っていたにもかかわらず、最後の最後で魂が行き違ってしまうとは、気の毒なことだ」

「しかし、それもお前たちの協力を得て、解決することができた。所轄署も最初こそ色めき立ったが、殺人ではなく、あくまでも死体損壊罪に留《とど》まると知って、ホッとした様子だったよ。とにかく、これでようやく諸々《もろもろ》スッキリした。心から感謝する」

龍村はそう言って、二人に深々と頭を下げた。森と敏生も、ホッとした様子で顔を見合わせる。

「さてと！　じゃあ、僕らも祝杯上げなきゃ！」

敏生は弾んだ声でそう言うと、立ち上がって台所へと駆け込んでいく。

「やれやれ……。とにかく、片付いてよかったな。俺は最低一年、カレーを見たくもない気分なんだが」

そんなぼやきを口にしつつ、森も、敏生を手伝うべく腰を上げた……。

それから数時間後。龍村が去り、風呂《ふろ》を使った敏生が居間に下りると、森はソファーで雑誌を広げていた。

「お風呂、先に頂きました」

「ああ。何か飲むかい？」

「ううん、いいです。さっき、ジュースを飲みすぎました。それより、何の雑誌ですか?」

敏生は森の隣に腰を下ろし、森の手元を覗き込む。それは、ずいぶん古い雑誌らしく、活版なのか、クラシックな字体が紙に軽くめり込むように印刷されている。紙の縁は明らかに黄ばんでいた。

「昔の民俗学関連の雑誌だよ。父の論文もだが、バーナビーの論文も掲載されている。二人が共に大学に勤務していた頃のものだ。早川《はやかわ》が用意してくれた」

「へえ。……って、英語! 日本の民俗学の論文なのに⁉」

目を白黒させる敏生に、森は苦笑いで言った。

「どんな論文でも、国際的な評価を得ようと思ったら、英語で書くのが掟《おきて》のようなものさ。父とバーナビーにとっては、英語は母国語だ。論文を書くのもより容易《たやす》かっただろう」

「あ、そうか。……狐憑《きつねつ》きに関する研究……でいいんですよね、今読んでる論文のタイトル。へえ、英語でも、キツネツキって言うんだ?」

「適当な英語がなかったから、そのまま使ったんだろう。……例の額に残されたメッセージに繋がる何かがないかと期待して論文を読んでいるんだが、今のところ収穫はないな。……今日はもうやめだ。龍村さんの話を聞いて、妙に疲れた」

森はそう言うと、雑誌を閉じてローテーブルに置いた。暇になった手で敏生の頭に触れ、顔をしかめる。

「こら、もう少しちゃんと髪を拭いてから出てこい。こんなにびしょ濡《ぬ》れでは、風邪を引くぞ」

「びしょ濡れってほどじゃないですよう。しばらく美容院をサボってたら髪の毛が伸びてきて、乾きが悪いんですよね。うわっ」

森は、敏生が肩にかけていたバスタオルを引き抜き、ガシガシと頭を拭く。敏生の頭を完全なる鳥の巣にしてから、ようやく満足した様子でタオルを脇《わき》に置いた。

「むー、何か扱《とが》いが荒い！」

敏生は口を尖らせて文句を言ったが、そのくるくるした目には、どこか甘えるような色がある。森は涼しい顔で「そんなことはないさ」と言い放ち、手櫛《てぐし》で敏生の乱れた髪を直してやった。

「君の髪は柔らかいから、指先が心地いいな。チンチラでも触っているようだ」

「チンチラにたとえられても、何か複雑」

「チンチラは嫌いか？」

「別に嫌いじゃ……っていうか、生き物は全般的に好きですけど」

「ならいいだろう」

「えー……そういう問題ですか？」

そう言いながら、森に撫でられるのが好きな敏生は、少しウサギじみた気持ちよさそうな顔で、されるがままになっている。

「それにしても、思わぬ事件でしたけど、龍村先生のお役に立ててよかったですね」

敏生の言葉に、彼の滅多に出さない白い額を露《あら》わにして密《ひそ》かに遊びつつ、森は頷いた。

「そうだな。なかなか彼に恩返しする機会はないから、今回はちょうどよかった。だが……しみじみと、歃歃《えんえん》に滅せずんば炎炎を若何《いかん》せん……だな」

森がぽつりと呟いたそんな言葉に、敏生は目を丸くした。

「えん……えん？　何ですって？」

鳩《はと》が豆鉄砲を食ったような敏生の表情に、森は苦笑いで同じフレーズを繰り返す。

「だから、『歃歃に滅せずんば炎炎を若何せん』だよ。つまり、火は小さなうちに消しておかないと、大きく燃え上がってしまってからでは手の施しようがないということだ」

「ふうん……。あ、そっか。『えん』って、『炎』のことですか」

「そうだ。転じて、災いは小さなうちにその芽を摘んでおかないと、取り返しのつかない事態を引き起こす、という意味に用いられる言葉だよ」

「へえ……。何だか、いかにも今回の事件のためにあるような言葉ですね」

「ああ。今回の一連の事件を思い出していたら、ふとこの文句が頭を過《よぎ》った」

「天本さんは、マジで物知りだなあ」

感心しきりでそう言いながら、敏生はしみじみと呟いた。

「もし、アサミさんがもっと早く受診していれば、二人はもっと長く一緒にいられたかもしれない。もし、矢部さんを解剖した教授が、胃内容のプラスチックリングのことをもっと気にしていれば、アサミさんのことがもっと早くわかって、アサミさんもあんなに長く解剖棟の中で彷徨《さまよ》っていなくて済んだかもしれない……ですよね」

「かもしれない。体調の小さな変化、解剖中の小さな疑問。小さなことだが、深刻な事態に発展する可能性があると、我々も肝に銘じなくてはな。……特に俺は」

「え？」

森は敏生の髪から手を離し、その手で敏生の小さな肩を抱く。敏生は、森の端整な横顔をじっと見た。森は軽く目を伏せ、溜め息交じりに言った。

「『啖啖に滅せずんば炎炎を若何せん』……これは俺に対する戒めでもあるよ。父のことをもっと早く何とかしていれば……と思う俺には、胸に突き刺さるような文句だ」

「天本さん、それは」

敏生は困り顔で、森の顔を見上げる。だが森は、薄く笑って続けた。

「だが、まだ『取り返しがつかない』とは思いたくない。大切な人たちが、皆、危ない橋を渡ってまで力を貸してくれているんだ。当の俺が悲観的になるわけにはいかないだろう？」

「……わあ」

森の言葉に、敏生は容赦なくポカンとした顔つきになる。その手が、森の顔に触れようとして途中で固まっているのに気付き、森は苦笑いで問いかけた。

「……何だ？」

「あ……いえ、うん、うわあ……って感じ」

「だから、いったい何なんだ？」

重ねて問われ、敏生はちょっと困った顔でクスリと笑った。

「ううん、何かちょっと前にも言ったような気がしますけど、天本さん、変わったなあって思って」

「そうかい？」

「はい。だって天本さん、ちょっと油断したらすぐ猛烈に後ろ向きになってたのに、何だか今日はとっても前向きですもん。僕が言うのも変ですけど、天本さん、成長したなあって思っちゃった」

「………」

うんと年下の敏生に、悪気はないとわかっていてもかなりの上から目線で褒められ、さすがの森も絶句する。それに気付き、敏生は大慌てで両手を振った。

「あっ、ご、ごめんなさい！　えっと、そんな偉そうなこと言うつもりじゃなくて、天本さんが頼もしくて嬉《うれ》しいっていうか、心強いっていうか、えとえと……」

「……もういいよ。確かに、君が言うとおりだ。自分がひとりではないと気付いて、俺は昔よりずっと強くなれた。そして、誰よりも俺に力を与えてくれるのが君だ。君には、俺を客観的に評価する権利がある。十分すぎるほどにな」

いかにも森らしい生真面目《きまじめ》な言葉に、敏生は小さく吹き出した。

「権利って……」

「おかしいか？」

ムッとして問い返してくる森だが、切れ長の目は、敏生に釣られて笑ってしまっている。

「おかしいですよ。だって、そんな難しい話じゃないんですもん。僕は天本さんが好きだから、天本さんのこと、いつも見てるでしょう？　だから、いいところも悪いところも知ってるんです。何か変化があったら、すぐに気がつくのも、そのせいです」

敏生ははにかみながら、そう説明する。森の陶磁器のような頬に、ゆっくりと温かな笑みが広がっていくこの瞬間が、敏生は何よりも好きだった。

「なるほど。俺も最近では君の顔を見ただけで、空腹かどうか、あるいは何を食べたがっているか、だいたい見当がつく。それも君が好きで、常に観察しているからだな」

真面目くさった口ぶりでからかわれ、敏生の顔にうっすらと赤みが差す。

「そ、それはちょっと！　確かにそうかもですけど、それじゃ僕が四六時中、食べることばっか考えてるみたいじゃないですか！」

「違うのか？」

「そ……そう言われると、そうかも、ですけど。うう」

膨れっ面をした敏生の頬を冷たい手で撫で、森はやはり真摯《しんし》な口調で言った。

「いいんだ。そのままでいてくれ。俺は気が利かないから、旨いものを食わせる以外、どうすれば君を喜ばせてやれるのかわからないからな」

そんな朴訥《ぼくとつ》な言葉に、敏生は少し困った顔をして、森の手に一回り小さな自分の手を重ねた。

「天本さんは、ホントにわかってないなあ。……僕は天本さんが大好きなんだから、天本さんが元気で笑っててくれたら、それだけで喜べますよ。あ、もちろん、美味しいものも嬉しいんですけど！　あと、天本さんは基本的に僕なんかよりずっとずっと賢いから、ちょっとはそのあたりで鈍いの、正直、嬉しいんです。……だから、天本さんこそ、そのままでいてください」

飾らない敏生の苦言とも慰めともつかない文句に、森の笑みが深くなる。彼は敏生の滑らかな頬を親指の腹でそっと撫で、囁《ささや》いた。

「わかった。……こと情緒面においては、君が俺の先生だな。……すばらしくクリアカットな個人レッスンに対する謝礼は、何にしようか」

無骨な誘いに、敏生は恥ずかしそうに笑い、囁き返した。

「二段構えでいいですか？　今日はもう寝る前だから……いい夢が見られそうなキス。でもって、明日の朝は……」

「朝は？」

「天本さんが死ぬ気で早起きして、僕のために五枚重ねのパンケーキを焼いてくれるっていうのは？」

森は器用に片眉だけを上げ、いかにも照れ隠しっぽいシニカルな笑みで言った。

「後者は難事業だが、善処しよう。だがそのためには……」

「天本さんもいい夢を見られて、スッキリ目が覚めるようなキスが必要、ですよね」

「ああ。しかしそれでは、謝礼の半分が帳消しになってしまうな。……よし、バターとメイプルシロップ、それにカリカリに焼いたベーコンをパンケーキに添えるとしよう」

「……それで手を打ちます」

風呂上がりの頰をさらに上気させて、敏生は森の首に両腕を回す。その優しい腕に誘われるように、森は敏生に想いを込めたキスをした……。

あとがき

お元気ですか、槻野道流《ふしのみちる》です。

今回は、前作「現人奇談《うつせみ》」からそこそこのインターバルでお届けできて、ちょっとホッとしているところです。よ、よかったー。

前回は、ちょっとあまりにもお久しぶりだったので、「天本《あまもと》・敏生《とし き》・小一郎《こいちろう》」という基本ユニットを再確認するような意味合いもあり、他のキャラクターを敢《あ》えてあまり出さないようにしていたのですが、今回は他のレギュラーキャラの中でも古株の龍村泰彦《たつむらやすひこ》がどーんと登場です。

こう書くと何だか私自身がリハビリ中みたいな雰囲気ですが、勿論《もちろん》キャラクターを忘れたとかそんなことはまったくありません。ただ、長く可愛《かわい》がっていただいているシリーズですので、その世界観を大事にして、今の自分があまり強く影を落とさないように特に注意している……ということです。

それにしても、龍村をばばーんと出したおかげで、私が講談社ノベルスでやらせていただいている「鬼籍通覧シリーズ」っぽいテイストに仕上がってしまい、何だかなあ……と思いつつも、そこは奇談。不気味さ控えめ、甘さ多めでお送りしております。ご安心を。

作中に出てくる高島野十郎《たかしまやじゅうろう》ですが、勿論実在の画家です。

そして、作中ではまだ「福岡県の美術館が作品を収集している段階」ですが、現時点では、日本各地で企画展示が行われ、素敵な画集も出ています。いつだったか、テレビ番組「美の巨人たち」で取り上げられたこともあるので、ご覧になった方がいらっしゃるかもしれませんね。

私は、「人生最後に一枚だけ好きな絵を見せてやる」と言われたら、田中一村《たなかいっそん》にするか高島野十郎にするか……と心底悩んでしまいそうなくらい野十郎の絵が好きで、その中でもいちばんは、今作で取り上げた「蠟燭《ろうそく》」……だったらよかったんですが（これも勿論好き）、実は「満月」という作品です。

野十郎はたぶん、蠟燭の炎しかり、月しかり、太陽しかり、とにかく光を放つものと、それが際立たせる闇《やみ》とのコントラストに強く惹《ひ》かれた人だったのではないだろうか……と、画集を見ているとしみじみと思います。

彼が手記で何度となく繰り返す「写実」の意味について、しみじみと考え込んでしまう。「満月」はそんな絵です。

その次に好きなのは、「れんげ草」という作品。広いれんげ田と、残雪を頂いた山並みと、晴れ渡った空。どこかマグリットの絵を連想させる、晴れやかで優しい絵です。野十郎の絵、きっと敏生は勿論、天本も相当好きなんじゃないかな……と思いながら、本作を書いている間じゅう、ずっと画集を机の上に置いていました。

本当に素敵な絵ばかりなので、お近くで展覧会があった際には、是非じかにご覧になってみてくださいね！　きっと敏生が大好きな理由がわかっていただけると思います。

私事なのですが、実は二十年ぶりに転居することになり、思い切って家を建てております。転居といっても今住んでいるエリアでこっちからあっちへ移動、という軟弱な引っ越しなのですが……でも、大変……！

何しろ、家を建てるなんて大事業は、たいていの人にとって一生に一度のことでしょうから、私とて人生初です。しかも私は、とてつもなく三次元に弱いのです……。二次元にしか萌《も》えないとかそういう話ではなく、立体構造に対する空間認識能力が極めて低い、という意味で。

そのせいで、設計図を見せられても、それを二次元↓三次元へとイメージ展開することができず、アワアワするばかり。しかも選択肢が五つ以上あると、どうでもよくなってしまう性格も災いして、何だかもう本当に設計士さん泣かせの施主《せしゅ》だろうなと思います。

しかし本当に家って、大変な買い物にもかかわらず、実に簡単に建ってしまうものです。「家一軒を建てるのに、いくらくらい必要なのか教えてもらおう。それを目指して、一生懸命お金を貯めよう」という単純な思いつきでカタログ請求したのが、去年の秋くらい。そこからあれよあれよという間に話が進み、このあとがきを書いている今、我が家は既に完成間近です。たぶん、この本が皆様のお手元に届く頃には、既に引っ越している予定ですが、はてさてどうなりますことやら。

よく、「男は借金を背負って一人前」と言われますが、女もそうなのでしょうか。とりあえず、物凄《ものすご》く仕事を頑張らねば……という危機感だけは増大した気がします。たいていの経験は小説のキャラクターに追体験してもらっているのですが、奇談に関しては、天本は絶対にあの家から引っ越しそうにないですね。残念。現段階では、リフォームすら拒みそうな勢いです。

奇談の面々の中で、家を建てそうな人といえば……龍村か、あるいは司野《しの》くらいかな？　早川《はやかわ》さんは、既に持ち家です。三十五年ローンというあんまり意味のないマイ設定。

これはいつものお知らせですが、お友達であるにゃんこさん管理のサイト「月世界大全」http://fushino-fan.net/ では、私のお仕事スケジュール、イベント参加予定などの最新情報、既刊情報などをゲットしていただけます。私のブログもあります。

それから情報ペーパーですが、ただいま、極めて不定期発行となっております。以前、切手と宛名《あてな》シール同封でご請求いただき、まだ来てないよ！　という方は、次に発行したときにお届けいたしますのでご心配なく。ただ、まれに郵便事故が発生して、私の手元にお手紙がたどり着かないこと、私の出したお返事がそちらへ行き着かないことがあります。なので、一年以上待ってるのに何も来ないよ！　という場合は、お手数ですが、次にお手紙をくださるときにその旨を書き添え、宛名シールのみ再度ご同封ください。切手は結構ですので。

これから新たに請求するぜ！　という方は、八十円切手と、あなたの住所氏名を明記した宛名シールを同封の上、編集部宛にお手紙をいただけましたら、可能な限りはお返事を添えて、ペーパーをお送りいたします。ただ、不定期発行の都合上、かなりお待たせする可能性が高いことをご承知くださいませ。

これまで十年以上にわたっていただいたお手紙、うんと悩んだんですが、やっぱり引っ越し先にも持って行きます。大事な大事な宝物です。ありがとうございます。

それでは、最後に今回もお世話になった皆様にお礼を。

イラストのあかま日砂紀《ひさき》さん。引っ越しの荷造りをしていたら、「人買奇談」を作っている頃、あかまさんにいただいたキャララフが出て来ました。バイク乗りっぽい小一郎の姿に、ギャースとなりました。あらためて、か、かっこいい。いつか、小一郎を本当にバイクに乗っけてやりたいものですが、免許という厚い壁が……。

そして、担当の渡辺さんと山本さん。普段は山本さんがやんわりやんわり原稿の催促をしてくださり、いざというところで渡辺さんが「大丈夫ね?」と念を押してくださるパターンに、たいへん気合が入ります。つ、次も頑張ります。

そして、私がデビューしたときの部長、蒔田さんの訃報《ふほう》に、とても驚きました。長らくお世話になりました。ありがとうございました。

次作も、できるだけ早い時期にお届けできるよう頑張ります。次こそ、待機中の河合《かわい》師匠が、たつろうと共にお目見えすることと思います。

——皆さんの上に、幸運の風が吹きますように。

槌野　道流　九拝

椹野道流先生の『饗炎奇談』はいかがでしたか？
椹野道流先生、あかま日砂紀先生への、みなさまのお便りをお待ちしています。

椹野道流先生へのファンレターのあて先
〒112-8001 東京都文京区音羽2-12-21 講談社 文芸X出版部「椹野道流先生」係

あかま日砂紀先生へのファンレターのあて先
〒112-8001 東京都文京区音羽2-12-21 講談社 文芸X出版部「あかま日砂紀先生」係

N.D.C.913　232p　15cm

樹野道流（ふしの・みちる）

講談社X文庫

２月25日生まれ。魚座O型・四緑木星。法医学教室勤務を経て、現在は雑多な仕事を請け負う身の上。猫の言うことなら何でもきく派。好きな食べ物は、唐揚げと苺とアンジェリーナのモンブラン。『人買奇談』からはじまる「奇談シリーズ」や、「鬼籍通覧シリーズ」など、いずれも好評！

white heart

啖炎奇談《えんえんきだん》

樹野道流《ふしのみちる》

●

2009年８月５日　第１刷発行

定価はカバーに表示してあります。

発行者——**鈴木　哲**

発行所——**株式会社　講談社**

東京都文京区音羽2-12-21 〒112-8001

電話　編集部　03-5395-3507

販売部　03-5395-5817

業務部　03-5395-3615

本文印刷—豊国印刷株式会社

製本——株式会社千曲堂

カバー印刷—半七写真印刷工業株式会社

本文データ制作—講談社プリプレス管理部

デザイン—山口　馨

ISBN978-4-06-286608-8

講談社X文庫ホワイトハート・大好評発売中！

にゃんこ亭のレシピ2 椹野道流
心がほっこり温まる不思議ワールド第2弾！（絵・山田ユギ）

にゃんこ亭のレシピ3 椹野道流
秋の銀杏村。稲刈り、台風、すいとん……。（絵・山田ユギ）

暁天の星 鬼籍通覧1 椹野道流
講談社ノベルスの人気作品、WHに新登場!!（絵・山田ユギ）

無明の闇 鬼籍通覧2 椹野道流
轢き逃げ犯人の唯一の目撃者が見たものは!?（絵・山田ユギ）

壺中の天 鬼籍通覧3 椹野道流
不気味なメッセージを読み解けるか？（絵・山田ユギ）

隻手の声 鬼籍通覧4 椹野道流
ネットゲームの向こうには誰がいる？（絵・山田ユギ）

禅定の弓 鬼籍通覧5 椹野道流
がんばれ、伊月君！ 法医学教室は大忙し！（絵・山田ユギ）

カンダタ ぽぺち
58歳の癒し系ヒーロー誕生!?（絵・Laruha）

カンダタ、審判の刻《ザ・ジャッジメント》 ぽぺち
50代の癒し系ヒーロー、絶体絶命の危機!?（絵・Laruha）

電脳幽戯 ゴーストタッチ 真名月由美
乙一氏推薦！ ホワイトハート新人賞受賞作!!（絵・宮川由地）

電脳幽戯 クワイエットボイス 真名月由美
敵を消さなければ、こっちが殺《や》られる——（絵・宮川由地）

電脳幽戯 コールドハンド 真名月由美
狂気はもう、誰にも止められない!?（絵・宮川由地）

月華伝［上］ 御木宏美
新生・異世界ファンタジー開幕！（絵・赤根 晴）

月華伝［中］ 御木宏美
新生・異世界ファンタジー緊迫の第2弾！（絵・赤根 晴）

月華伝［下］ 御木宏美
決断の時。瑠奈と十一使徒家の運命は!?（絵・赤根 晴）

月哥伝 御木宏美
「月華伝」で描かれなかったもう一つの物語。（絵・赤根 晴）

禁断のシンクロニティ 葛城パートナーズ 水島 忍
イケメン三兄弟が、父の死の真相に迫る!!（絵・すがはら竜）

束縛のナイトメア 葛城パートナーズ 水島 忍
父の命を奪った毒牙の次なる狙いは、長男・司!?（絵・すがはら竜）

背徳のクロスロード 葛城パートナーズ 水島 忍
僕たち兄弟は、ずっと一緒なんだよね……。（絵・すがはら竜）

満月の涙の結晶は 水玲沙夜子
X文庫新人賞受賞の異色ファンタジー！（絵・ホームラン・拳）

☆……今月の新刊

未来のホワイトハートを創る原稿
大募集！
ホワイトハート新人賞
ホワイトハート新人賞は、プロデビューへの登竜門。既成の枠にとらわれない、あたらしい小説を求めています。ファンタジー、ミステリー、恋愛、SF、コメディなど、どんなジャンルでも大歓迎。あなたの才能を思うぞんぶん発揮してください！
賞金　出版した際の印税
締め切り（年2回）
□上期　毎年3月末日（当日消印有効）
発表　6月アップのBOOK倶楽部「ホワイトハート」サイト上で審査経過と最終候補作品の講評を発表します。
□下期　毎年9月末日（当日消印有効）
発表　12月アップのBOOK倶楽部「ホワイトハート」サイト上で審査経過と最終候補作品の講評を発表します。
応募先　〒112-8001
東京都文京区音羽 2-12-21
講談社 文芸X出版部

募集要項

■内容

ホワイトハートにふさわしい小説であれば、ジャンルは問いません。商業的に未発表作品であるものに限ります。

■資格

年齢・男女・プロ・アマは問いません。

■原稿枚数

ワープロ原稿の規定書式【1枚に40字×40行、縦書きで普通紙に印刷のこと】で85枚～100枚程度。

■応募方法

次の3点を順に重ね、右上を必ずひも、クリップ等で綴じて送ってください。

1. タイトル、住所、氏名、ペンネーム、年齢、職業（在校名、筆歴など）、電話番号、電子メールアドレスを明記した用紙。
2. 1000字程度のあらすじ。
3. 応募原稿（必ず通しナンバーを入れてください）。

ご注意

○ 応募作品は返却いたしません。
○ 選考に関するお問い合わせには応じられません。
○ 受賞作品の出版権、映像化権、その他いっさいの権利は、小社が優先権を持ちます。
○ 応募された方の個人情報は、本賞以外の目的に使用することはありません。

背景は2008年度新人賞受賞作のカバーイラストです。
真名月由美／著　宮川由地／絵『電脳幽戯』
琉架／著　田村美咲／絵『白銀の民』
ぽぺち／著　Laruha（ラルハ）／絵　『カンダタ』